드리머
Dreamer

Dreamer
드리머 ♪

추세은 추정문 장편소설

폭스코너

차례

Track List 1.
새벽하늘

지금의 어둠은 내일의 우리를 위한 위로의 눈물.
태양이 떠오르면 우리가 원하는 세상을 밝게 비춰.

TO. 어딘가에서 이 편지를 보고 있을 누군가인 너에게

우리는 만난 적도 없고 아는 사이도 아니지만 나는 지금 너에게 편지를 쓰려고 해. 내가 너에게 편지를 쓰는 지금은 어버이날이자 내 생일인 5월 8일을 조금 넘긴 9일 새벽이야. 어버이날이 생일인 사람이 있다는 게 신기하지? 이 편지를 쓰게 된 이유는 5월이 시작되는 1일부터 오늘인 8일까지 지난 8일 동안 내가 경험한 일들을 너와 함께 나누고 싶어서야. 도저히 누군가에게 편지를 쓰지 않으면 참을 수가 없어서 고민 끝에 노트북 앞에 앉았어. 극 I인 내가 이런 용기를 내다니, 좀 떨린다. 편지가 꽤 길어질 것 같은데 그래도 끝까지 들어주면 너무 고마울 것 같아.

정식으로 인사할게. 안녕! 나는 이루리라고 해. 이름이 좀 특이하다고? 무엇이든 이루며 살았으면 좋겠다고 엄마 아빠가 지어준 태명이었는데 그게 진짜 이름이 되어 버렸어. 간단하게 내 소개를 하자면, 열여섯 살의 평범한 중학생이고 수도권의 어느 신도시에서 엄마랑 둘이 살아.

내겐 딱 두 가지 취미가 있어. 첫 번째는 릴스 찍기. 고양이를 좋아하는데 엄마도 나도 지독한 비염 환자이기 때문에 집에서 키우지는 못하고 그냥 학교나 학원 다니다가 마주치는 길냥이들을 동영상으로 찍는 걸로 만족하는 중이지. 가끔 잘 나온 영상은 릴스로 올리기도 하는데 내가 찍은 냥이들 영상에 꽤 많은 사람들이 와서 '좋아요'를 누르고 가는 걸 보면 릴스가 내 적성에 잘 맞는 것 같기도 해. 그때 터지는 도파민은 말로 다 설명할 수 없을 정도야. 내가 좋아하는 걸 누군가도 좋아해 준다는 사실에 안도감도 들고.

또 다른 취미는 내가 가장 좋아하는 아이돌인 에이톱스 오빠들을 멀리서나마 열심히 응원하는 거야. 내가 오빠들을 좋아하는 이유는 오빠들의 탐험대 세계관 때문이지. 여덟 명의 멤버들이 하나가 되어 함께 꿈을 찾아가는 탐험대라니! 내 최애가 누군지 궁금하다고? 나는 팀에서 메인 래퍼와 메인 댄서를 맡고 있는 김현 오빠를 제일 좋아해. 큰 키에 멋진 눈매가 매력적이지만, 내가 오빠를 가장 아끼는 진짜 이유는 팬인 우리에게 항상 먼저 다가와 준다는 것 때문이야. 에이톱스의 노래가 팬들에게 진심으로 위로와 힘이 될 수 있도록 더욱더 멋진 아티스트가 되고 싶대. 실제로 오빠들 노래 중에는 꿈과 희망을 주는 가사들이 많아. 기운이 빠지는 날에도 오빠들의 노래를 들으면 불쑥 힘이 날 수밖에 없지.

왜, 그렇잖아. 어른들은 너희 때가 가장 좋다, 뭔 걱정이 있겠냐고 하지만 우린 걱정이 정말 많잖아. 나도 진짜 걱정이 많거든. 나의 가장 큰 걱정이 뭐냐고? 너에게만 얘기하는 거지만, 나는 내 진로가 가장 걱정돼. 누군가는 좋아하는 사람에게 고백받기, 인별 팔로우 늘리기 같은 고민도 하고 있겠지? 너는 사람들이 꿈이 뭐냐고 물어보면 자신 있게 대답할 수 있어? 나는 아직 그 정도는 아니야. 내 꿈이 뭔지 미래에 어떤 사람이 될지, 참 고민이 많다.

말이 길어졌어. 그럼, 5월 1일부터 8일까지 짧지만 길었던 8일간의 꿈같은 날들에 관한 내 이야기를 본격적으로 시작해 볼게. 이야기의 주인공은 나와 엄마이지만 소중한 나의 사람들과 최애 현이 오빠도 등장하니까 기대 많이 해 줘!

* ♪ *

먼저 5월 1일 목요일 이야기부터 시작해 볼게. 그날은 정말 내게 의미 있는 날이었어. 오빠들이 정규 3집으로 컴백하는 날이었거든. 이번 3집 앨범 제목은 'The Day Of Dream'이고, 타이틀곡은 〈Success〉야. 앨범의 모든 노래가 버릴 게 없을 만큼 완벽해! 앨범엔 총 여덟 곡이 수록되어 있어. 지금 난 앨범 첫 번째 곡인 〈새벽하늘〉을 들으며 너에게 편지를 쓰는 중이야.

오빠들이 그동안 월드 투어를 돌고 있었는데 그게 큰 성공을 거두면서 해외에서 정말 유명해졌거든. 괜히 내가 다 성공한 것 같아서 덩달아 잠이 안 오는 거야. 우리 오빠들 중소 기획사 소속인데 6년 동안 진짜 고생 많이 했다. 사실, 나는 공방이나 대면팬싸, 영통팬싸까지는 못 하지만, 콘서트가 시작되거나 생카가 열리면 솔플로 조용히 뒤에서 열심히 응원하는 타입이야.*

아무튼 그날은 오빠들 신곡 뮤비를 보다가 새벽에 잠들었는데 갑자기 배가 너무 고파서 졸린 눈을 비비다 겨우 거실로 나왔어. 엄마는 오전 7시가 무색하게도 벌써 원두커피를 내려 영자 신문을 보고 있었고.

우리 엄마 이름은 채새연, 나이는 43세. 엄마는 학원에서 고등학교 언니 오빠들에게 영어를 가르쳐. 언니 오빠들을 대학에 참 많이 합격시키는 능력자야. 1월이나 2월이 되면 합격한 언니 오빠들로부터 온 감사의 꽃바구니랑 선물이 우리 집 거실에 가득할 정도니까. 엄마는 누군가의 꿈을 이뤄 주는 게 좋다고 했어.

---

* '공방'은 공개방송, '대면팬싸'는 대면 팬사인회, '영통팬싸'는 영상통화로 하는 팬사인회, '생카'는 생일 카페, '솔플'은 솔로 플레이(Solo Play)의 줄임말이다.

엄마는 자기 관리도 매우 철저해. 노담, 노술에 시간 날 때마다 운동하고, 재미없는 책은 또 왜 그렇게 많이 읽는지. 그래서 엄마가 동안인가? 엄마가 학총에 왔을 때도 큰언니라고 해도 믿겠다며 몇 명이 수군거리더라고. 처음엔 내가 노안이라고 놀리는 건지 기분 나빴는데, 요즘은 그냥 넘겨. 근데 왜 남의 부모님 얼평까지 하는 걸까? 대충 보니까 학총 올 때 엄마한테 예쁘게 하고 오라고 조르는 애들이 꽤 많은 거 같더라고. 학교가 무슨 방송국도 아니고. 외모만 가지고 남 평가하는 애들치고 인성 좋은 애들은 없는 것 같아.

어쨌든 엄마는 항상 날 보고 '공쥬~' 하고 불러. 공쥬는 엄마가 날 부르는 애칭이자 별명 같은 거야. 그게, 어릴 때는 공쥬라는 말이 좋았는데 중학생이 되고부터는 좀, 그래.

그런 엄마인데, 유독 그날 아침에는 컨디션이 좋지 않아 보였어. 언니 오빠들 모의고사 등급 때문에 고민이 많더라고. 사실 나는 중3이긴 하지만, 엄마를 통해서 이미 입시 지옥을 선행 학습하고 있는 것 같아. 엄마는 미소 지으며 식탁 맞은편에 앉은 나를 바라봤어. 나는 엄마의 속쌍꺼풀이 있는 큰 눈이랑 긴 생머리를 제일 좋아해.

"이루리, 웬일? 아침을 다 먹고?"

"몰라, 그냥 배고파서 일어났어."

"호오. 오빠들 뮤비 보느라 늦게 주무신 건 아니고요?"

"아니거든?"

엄마가 어떻게 알았는지 뜨끔했지만, 아무렇지 않게 잘 넘겼어. 엄마가 시리얼을 꺼내 주더라. 나는 시리얼을 정말 좋아해. 내가 가지고 있는 시리얼 볼만 세 개야. 신선한 우유에 담긴 시리얼을 먹을 때 나는 바삭바삭한 그 소리가 나한테는 힐링이 돼. 내가 시리얼을 먹고 있을 때 엄마는 아무 말 없이 나를 보면서 웃어. 항상 그래. 내가 뭘 먹고 있으면 아빠랑 똑같이 오물거린다고 귀엽대.

아, 우리 아빠? 이거 잘못하면 약간 심각해질 수도 있는데…….
아빠는 3년 전에 교통사고로 돌아가셨어. 나도 6학년 때라 그냥 엄청 슬픈 기억만 있어. 왜 있잖아, 가만히 있어도 눈물이 계속 나오는 기분. 죽는다는 게 뭔지 정확히 모를 때의 일이라 죽음이 멀게 느껴졌었는데, 요즘 죽음에 대해서 여러 생각이 들 때가 있어. 사람은 왜 태어나고 죽을까. 내가 죽는다면 엄마가 많이 슬퍼할까.

엄마는 아빠가 하늘나라로 가고 나서 일하는 시간이 더 많아진 것 같아. 예전에는 집에서 나랑 같이 비밀 얘기도 많이 하고 그랬는데, 어느 날부터 그냥 엄마와는 일상적인 말만 나누는 사이가 되어버렸어. 생각해 보니까 나는 엄마에게 아빠가 보고 싶다고 말한 적이 한 번도 없는 것 같아. 엄마가 슬플까 봐.

가뜩이나 걱정 많은 엄마인데 나까지 짐이 되고 싶지 않아서, 그래서 내 할 일은 알아서 하려고 해. 학교에서 기분 나쁜 일이 있어도 말하지 않고 속으로 삭이고. 어떻게 보면 착한아이증후군? 그런 거에 걸린 것 같기도 해. 그래도 내가 좋아하는 오빠들이나 고양이 릴스를 보다 보면 금방 기분이 나아지는 편이야. 물론 스크린 타임은 정해진 시간 안 넘기려고 노력 중이고. 요즘 시력이 많이 떨어져서 엄마도 나도 걱정이거든.

사실 엄마는 딱 내 나이 때 학교 가는 길에 사고를 당한 경험이 있어. 또 교통사고지. 나는 그래서 교통사고를 제일 극혐해. 엄마는 그 사고 때문에 학교도 1년 쉬었고, 큰 수술도 받았다고 했어. 그래서 엄마가 열심히 운동하는 거거든. 그런데 간혹 엄마가 혼자서 아픔을 참을 때면 특유의 힘든 표정을 지을 때가 있어. 요즘 들어 진통제 먹는 횟수가 늘었다는 것도 알았지만 엄마 자존심 건드릴까 봐 아는 척하진 않았지. 엄만 자기가 무슨 무적인 줄 알아. 몸이 아픈 게 아니라 정신력이 약해서 아픈 거라나. 그게 대체 뭔 말인지 나는 이해가 가지 않지만.

"엄마, 피곤해?"

"어, 좀."

"오늘은 헬스 쉬고 자고 나가."

"그럴까? 루리는 요즘 어때? 별일 없어?"

"나야 뭐 똑같지. 반복되는 평범한 하루."

"엄마도 그래. 반복되는 평범한 하루, 너만 그런 거 아니야."

그날처럼 엄마가 기력이 없어 보였던 건, 아빠가 하늘나라로 가고 처음이었던 것 같아. 엄마는 나한테 더 자고 싶다고 말했어. 난 흔쾌히 그러라고 했고 엄마가 침실로 들어가는 모습을 지켜봤지.

나는 시리얼을 다 먹고 그릇을 치운 뒤, 학교 갈 준비를 했어. 근데 아침은 진짜 시간이 빨리 가는 것 같아. 앞머리를 고데기로 펴고, 간단하게 톤업 선크림만 바르는 데도 왜 그렇게 시간이 빨리 갈까. 같은 반 애들은 대체 풀메를 어떻게 하고 다니는지 모르겠어. 더 일찍 일어나는 건지. 나는 5분 더 자는 걸 선택할래.

* ♪ *

내가 다니는 중학교는 내가 사는 아파트 단지에서 멀리 떨어져 있지는 않아. 그냥 이래저래 걷다 보면 15분 만에 도착하니까 그건 진짜 장점이지. 하지만 장점은 그것뿐이야. 학교생활은 완전 재미없어. 별로야. 왜냐고? 이번에 중3 올라오면서 진짜 핵 싫은 애랑 같은 반이 되는 바람에 매일 스트레스를 받는 중이거든. 이름은 부르기 싫고, 그냥 '개'라고 하자. 엄마에겐 별일 없었다고 했지만, 사실은 매우 많은 별일이 있었지.

'개'는 우리 학교에서 유명한 에이톱스 팬이야. 오빠들 일정에 뭐든 함께 해. 하지만 오빠들 일정에 모두 참여 못 한다고 해서 진짜 팬이 아닌 건 아니잖아. 근데도 그런 것 가지고 하나하나 자랑을 하면 짜증이 확 하고 솟아서 머릿속이 하얗게 변할 때가 있어.

무엇보다 내가 '개'를 극혐하는 제일 큰 이유는 최애가 나랑 똑같다는 점이야. 입만 열면 김현이 어쩌고, 자기랑 영통할 때 볼 하트 해 줬다나 뭐라나. 그거 다 부탁해서 받아 내는 주제에. 언젠 구하기 힘든 미공포 포카* 나왔다고 어찌나 재던지. SNS에다가 전부 오빠 사진이랑 영상으로 도배해 놓고, 팔로워 많다고 맨날 자랑해. 자기 부모님은 커다란 음식점을 몇 개씩 가지고 있는 요식업 부자라 자기가 가진 건 돈밖에 없어서 현이 오빠 만나는 건 별일 아니라나? 심히 자본주의적인 말을 서슴없이 해대는 그런 애야. 그럴 시간에 현이 오빠가 말한 것처럼 열심히 공부나 했으면 좋겠다.

　오빠들이 컴백한 그날도 '개'는 반 애들이 다 들으라는 듯이 자기를 따르는 패거리들이랑 큰 소리로 오빠들 얘기를 하고 있더라고. 나는 그냥 무시하고 내 자리에 앉았어. 그나마 이번에 담임쌤이 자리 바꾼 거는 인정. 1분단 맨 뒷자리거든. 게다가 창가 쪽이라 너무 좋아. 창문을 살짝 열어 놓으면 어디선가 바람도 솔솔 불고, 달콤한 꽃향기가 날아와서 암울한 학교생활이 약간, 리프레시 돼.

　"야, 이루리."

　지금 날 부른 애는 정민준. 엄마랑 완전 친한 소진 이모의 아들

---

* '미공포 포카'는 미공개 포토카드의 줄임말로, 정식 포토카드 외에 앨범 판매처마다 소량으로 공급하는 포토카드를 말한다.

이야. 소진 이모는 서울에서 댄스 학원을 운영해. 나도 오빠들 춤으로 릴스 한번 올려 볼까 해서 겨울방학에 잠깐 이모네 학원을 다녔는데 완전 망했었지. 소진 이모가 춤을 아주 잘 추는 것과 내 춤 실력은 아무 상관이 없더라고. 우리 아빠가 심각한 몸치였는데 내가 그걸 닮은 게 문제였어.

민준이는 나랑 유치원 시절부터 알고 지낸 친구이자 내가 처음 좋아했던 남자야. 물론 지금은 현이 오빠가 더 좋지. 그래도 민준이는 또래 남자애치고 키도 크고 공부도 축구도 잘해서, 은근히 여자애들 입에 자주 오르내리는 애야. 예전엔 나보다 키도 작고 힘도 약했는데. 꽤 잘 자랐다고 생각해.

"왜?"

"이루리, 너 생일 선물 뭐 갖고 싶냐?"

"그런 건 그냥 DM으로 하면 안 돼?"

"어쩌라고. 뭐 갖고 싶냐고."

"현이 오빠 싸폴*."

"진짜. 내가 그걸 어떻게 구하냐? 이거나 먹고 정신 차려라."

민준이가 인상을 확 썼어. 민준이는 내 책상에 곰돌이 젤리 한 봉지를 살짝 던지고는 바로 자기 자리로 돌아가더라. 나는 시리얼만큼 곰돌이 젤리도 좋아하거든. 조심스럽게 봉투를 뜯어 초록

---

* '싸폴'은 사인 폴라로이드의 줄임말로, 아티스트가 직접 사인한 폴라로이드 사진을 뜻한다.

빛 곰돌이 젤리 하나를 입에 넣으니까 '개'로 인해 상한 기분이 한결 나아지는 느낌이었어. 그러고 보면 민준이는 늘 츤데레처럼 날 대해 줘. 무뚝뚝하지만 다정한 면이 현이 오빠랑 좀 비슷한 것 같기도 하고.

곰돌이 젤리를 하나 더 입에 넣었어. 드디어 '개'의 이야기가 끝나, 했지. 근데 아니더라고. '개'는 또다시 오빠들의 타이틀곡 안무 릴스에 관해서 떠들어 대고 있었어. 에이톱스는 컴백할 때마다 팬들로부터 타이틀곡 안무 릴스 이벤트를 하거든. 팬이라면 누구나 안무 릴스를 올릴 수 있고 그중에서 기획사가 몇 개의 릴스를 선택해 공계 인별 스토리*에 올려 주기도 해. '개'는 지난번에도 자기 언니의 안무가 공계 릴스에 올랐다고 한 달 넘게 자랑하고 다녔었는데 이번에도 또 언니가 도와준다고 그랬다는 거야. 언니가 무슨 댄서 크루 연습생이라나. 나도 그 릴스 봤었어. 그리고 공계에서 찍어 준 '좋아요'도 봤고. 물론 선택된 릴스에는 모두 공계의 '좋아요'가 있었지만, 아직도 그때를 생각하면 속이 쓰려.

진짜 너무 열 받아서 진심으로 소진 이모한테 부탁 한번 해볼까, 했다? 근데 도저히 입에서 말이 안 나오는 거야. 소진 이모한테도 미안하고 왠지 오빠들에게 선택 못 받아서 안달 난 이상한 애처럼 보일까 봐 그냥 속앓이만 하고 있었어. 민준이도 소진 이모만

---

* '공계 인별 스토리'는 기획사의 공식 인스타그램 계정에서 올린 스토리의 줄임말이다.

큼은 아니지만 소진 이모를 닮아서 춤을 잘 추거든. 그래서 민준이 생각도 해 봤는데 그것도 또 창피해서 결국 말하지 못했어.

수업이 시작되었지만 난 온통 안무 릴스 생각뿐이었어. '걔'가 또 자랑할 걸 생각하니까 미리 화가 나더라고. 무엇보다도 그걸 부러워하고 있는 나 자신에게 화가 났고. 내 인생은 왜 변하는 게 없이 하루가 똑같을까, 왜 새로운 일들이 생기지 않을까 싶은 거야. 자고 일어나면 확 변해서 현이 오빠랑 아는 사이가 된다면? 그럼 너무 행복할 것 같은데. 그렇게 꼬리를 물고 생각하다 보니까 수업 시간도 하루도 금방 지나가 버렸어.

* ♪ *

난 학교가 끝나면 일주일에 세 번 정도 수학학원에 가. 학원이 끝나면 9시쯤 되는데, 아파트 단지 후문 쪽에 공원이 하나 있거든? 거기에 길냥이 두 마리가 있어. 노랭, 누랭이라고. 내가 붙여 준 이름이야. 한 마리는 심히 노란색이고, 한 마리는 심히 누런색인 코숏들이지. 어떨 때는 캣맘분들이 고양이 밥이랑 간식을 챙겨 주는 것도 보고 그래. 걔네 되게 웃기는 게 이름을 불러 준다고 매일 오진 않아. 자기들 기분 좋을 때만 와. 그때 기회를 봐서 진짜 열심히 영상을 찍어. 아까도 말했지만, 녀석들 영상으로 릴스를 올리면 '좋아요'가 꽤 나오거든. 내 창작물에 대한 긍정적인 평가니까 아무래도 신나지.

난 길냥이들을 주로 찍지만, 그다음으로 많이 찍는 게 구름이야. 둥둥 떠다니는 구름을 보면 마음에 안정감이 생겨. 봐서 구름 릴스도 올려 보려고. 인기가 있고 없고를 떠나서 그냥 내 마음을 표현할 데가 별로 없으니까 어떤 방식으로든 드러내 보고 싶더라고.

5월 1일은 그렇게 끝났어. 물론 하루를 정리하는 말들을 담아 현이 오빠에게 편지를 쓰는 것도 잊지 않았지. 나는 패드에 일기도 쓰지만 현이 오빠에게 편지를 쓰기도 해. 할 말은 정말 많은데 글로 마음을 다 담기는 어렵더라고. 그렇게 한참 쓸 말을 고민하다 편지를 다 쓰고 침대에 누웠는데도 잠이 오질 않아서 현이 오빠 쇼츠를 자장가 삼아 잠을 청했지.

* ♪ *

5월 2일, 금요일이 되었어. 엄마는 약간 기운을 차린 것 같았지만 어제보다 더 예민해져 있었고 나도 그렇긴 마찬가지였어. 엄마는 극 E라 평소에 장난도 많이 치고 나보다 더 어린애처럼 굴 때가 있는데, 그날은 정말 노트북을 보면서 아무 표정 없이 진한 커피만 계속 마시고 있었어. 나는 엄마가 일할 때는 그냥 말을 안 거는 편이야. 방해되잖아. 엄마는 내가 이렇게 엄마를 신경 쓰고 있는 걸 아는지 모르겠어. 내가 말을 안 하기도 했지만, 애초에 그런 말을 할 기회가 있기나 했을까?

난 엄마에게 하고 싶은 말이 있어도 아예 말을 안 하거나 전혀 다른 소리를 한 적이 많아. 그냥 모르겠다 하고 넘어가려 했던 것 같아. 그날도 난 아무 말 하지 않고 아침으로 시리얼을 먹었어. 엄마에겐 학교에 간다는 간단한 인사만 남기고 급하게 집을 나왔지. 그날 점심시간에 지옥문이 열릴 거란 사실은 꿈에도 모른 채 말이야.

급식을 먹고 나서 잠깐 쉬고 있는데 반에서 스마트폰을 들고 고래고래 소리를 지르는 '걔'의 모습이 보였어. '걔'의 패거리들 몇 명이 또 몰려들었지. '걔'가 스마트폰을 보면서 이러더라.

"으악! 현이 오빠가 우리 언니 릴스에 '좋아요' 찍어 줬어."

이번에 오빠들이 컴백하면서 개인 계정이 생겼거든. 알고 있어. 현이 오빠는 릴스를 찍은 모든 팬들에게 '좋아요'를 눌러 줬다는 거. 그런데도 그 한마디에 나는 왈칵하고 눈물이 쏟아져 내릴 것만 같았어. 오빠랑 나는 멀리 있는데 '걔'는 어쩐지 오빠랑 매우 가깝게 있는 것 같아서. 나는 닿을 수 없는 사람인데, '걔'는 너무나 쉽게 닿을 수 있다고 느껴지니까 마음이 너무 아팠어. 그 마음을 어떻게 표현할 수 있을까. 보고 싶어도 볼 수 없는 사람이 있을 때 느껴지는 그런 현타 오는 감정 말이야.

나도 웃긴 게, '걔'의 릴스를 그냥 넘기면 되는데 꼭 그걸 찾아서 반복적으로 보게 된다고. 그런 걸 어려운 말로 '부정편향'이라고 한대. 싫은 걸 더 보게 되는 거. '걔'의 언니는 짧은 크롭탑에

벌룬팬츠를 입고 짙은 스모키 화장을 한 채 〈Success〉의 후렴구 안무를 똑같이 추고 있었어. 키도 크고 몸매도 좋고. 어쩌면 현이 오빠가 좋아할 수도 있겠지. 나는 큰 소리로 '걔'한테 소리치고 싶었어. '네가 직접 한 것도 아니잖아. 그만 좀 나대!' 하고 말이야.

하지만 그럴 용기가 나에게 있겠냐. 나는 그냥 스마트폰을 끄고 엎드려 버렸어. 민준이는 아까부터 그런 내 표정을 계속 살피고 있었고. 민준이는 누구보다도 내가 현이 오빠를 좋아하는 걸 잘 알아. 사실 내가 우리 반에서 친구라고 말할 만한 사람은 민준이밖에 없어. 다들 각자의 절친들이 있는 상태로 중3이 되었거든. 아무래도 지내던 애들이랑만 지내려고 하지, 새롭게 친구를 사귀려고 하지는 않는 것 같더라고. 그냥 반 친구들과는 인사 정도만 해. 그래도 다행이지. 민준이라도 같은 반이 되어서 말이야.

* ♪ *

5교시에 체육 수업이라 운동장으로 나가려는데 민준이가 그랬어.
"오늘 오빠의 멋진 모습 잘 봐라."

오빠 같은 소리 하고 있네. 나보다 겨우 3개월 먼저 태어난 주제에. 나는 고개만 끄덕였지. '걔' 때문에 신경 썼더니 대답할 기운도 없었어. 근데 5월 2일 금요일이 나에게만 지옥은 아니었어. 민준이에게도 지옥의 날이었던 것 같아. 모두에게 힘든 날이 있을 수 있다는 걸, 그때 처음 깨달았어. 나는 언제부턴가 늘 내가 제일 힘들다고 생각했었거든.

체육 시간이 시작되고 여자, 남자 나뉘어서 각자 풋살 연습도 하고 게임도 하고 그랬어. 나는 운동신경은 없지만, 그래도 공놀이 하나만큼은 정말 좋아하거든. 풋살이나 소프트볼이나 공으로 하는 건 모두 다 좋아해. 그날도 간만에 공을 굴리니까 속상했던 마음이 약간은 나아지더라고. 그때였어. 멀리서 애들이 소리쳤지. "쌤! 민준이랑 승우랑 싸워요!" 하고.

내가 고개를 돌렸을 때. 민준이는 승우를 운동장 바닥에 눕히고는 주먹을 높이 든 상태였어. 물론 민준이는 누군가를 때리거나 하는 애가 절대 아니야. 체육쌤이 달려와 겨우 말렸어. 애들은 놀랐지. 젠틀한 민준이가 왜 저러지 하는 표정으로 말이야. 그때 승우가 소리쳤어.

"너, 미혼모 자식이라며? 더러운 주제에 잘난 척은."

왜, 반에 한 명쯤 양아치 같은 애들 있잖아. 승우가 그래. 같은 반 친구에게 패드립*이라니. 나 같았으면 멱살 잡고 한 열 대는 때렸을 거야. 더 웃긴 게 뭔지 알아? 승우가 먼저 민준이 얼굴을 때렸다는 사실이지. 정말 노개념, 노답인 애야. 민준인 입술이 찢어진 채로 양호실에 다녀왔어.

---

* '패드립'은 패륜 드립의 줄임말로, 상대방의 가족(특히 부모나 형제)을 모욕하거나 공격하는 말, 극도로 선을 넘는 모욕적 발언을 뜻한다.

그때부터 애들이 눈치 보면서 슬슬 민준이를 피하더라. 웃기지? 멋있다고 할 땐 언제고. 소진 이모가 홀로 민준이 키우는데 승우가, 그리고 너희들이 보태 준 거라도 있어? 애들은 왜 뭔 소리만 들리면 누구 뒷담화하기에 바쁜 걸까. 나는 아랑곳하지 않았어. 애들 보는 앞에서 민준이에게 보란 듯이 먼저 말을 걸었지. 소심한 아이돌 팬과 미혼모 아들이라. 웃기는 조합이다, 뭐 그런 눈빛으로 보겠지만 나는 상관없어. 민준인 내 친구니까.

종례가 끝나자마자 평소와 달리 민준이가 먼저 나가 버렸어. 원래 항상 같이 집에 가는데 말이야. 나도 가방을 들고 숨이 차도록 달렸어. 교문 앞에 와서야 헉헉거리면서 민준이의 가방을 겨우 붙잡았지.

"정민준! 같이 가자고."

민준이가 놀라서 뒤를 돌아보더니 갑자기 웃더라.

"하하하."

"뭐야? 왜 웃어?"

"달리기도 못하는 애가 뛰니까 얼굴이 웃기게 변해서."

나는 창피함에 얼굴이 화끈거렸어. 열여섯 살 소녀에게 얼굴이 웃기다는 건 그렇잖아. 나는 입을 잔뜩 내밀고 민준이의 가방을 확 끌어당겼지.

"야, 갑자기 뭐 해?"

"따라오라고."

나는 무섭게 민준이의 가방끈을 잡은 채로 앞서 나갔어. 민준이는 알겠다면서 가방 좀 놓으라고 하더라. 나도 170cm가 훨씬 넘는 민준이를 끌고 가는 건 힘들어서 바로 놨지. 나랑 10cm나 차이가 나니까. 키만 커서는.

아파트 단지 근처에 상가가 많아. 거기 1층에 진짜 맛있는 마라 떡볶이 가게가 있는데 거기가 우리 아지트 같은 곳이야. 엄마랑 소진 이모는 항상 일을 하고 있으니까, 둘이 같이 저녁 먹고 아이스크림 먹고 그러다가 학원 안 가는 날엔 도서관 가서 숙제도 하고 그러면서 지내고 있어.

모르겠어. 그냥 그날은 마라 맛이 당기더라고. 그거 먹으면 좀 나아질 것 같아서 민준이랑 아무 생각 없이 마라 떡볶이에 사리 추가해서 신나게 먹었지. 떡볶이를 다 먹어 갈 때 현이 오빠가 갑자기 라방을 시작했어. 나는 깜짝 놀랐어. 오빠는 거의 밤에 라방을 해 주는데 말이야. 혹시 내가 슬퍼서 낮에 들어온 거 아닐까 하고 망붕*하고 그랬어. 민준이 눈치가 보여서 볼까 말까 했는데 민준이가 왜 안 보냐고 같이 보자고 그러더라고. 자기도 현이 오빠가 궁금하대. 내가 왜 그렇게 좋아하는지 알고 싶다나. 그땐 그 말이 무슨 말인지 나는 정말 몰랐어. 그냥 진짜 궁금해서 그런가, 민준이도 이제 현이 오빠에게 입덕하나 했지.

* '라방'은 라이브 방송의 줄임말이다.
  '망붕'은 망상 붕괴의 줄임말로, 현실과 과하게 동떨어진 상상을 하다가 과몰입하는 상태를 말한다.

화면 속 현이 오빠는 검은색 재킷에 완깐 머리를 하고 스케줄 가기 전에 잠깐 들렀다고 했어. 너무 멋있었어. 진짜 남자다운 모습이었지. 나를 지켜줄 수 있는 든든한 오빠처럼 느껴졌어. 오빠는 오늘처럼 날씨가 좋은 날이라고 해서 기분까지 다 좋을 수는 없대. 그래도 기분 전환할 겸 산책도 하면서 하루를 잘 마무리하라고 했어. 그렇게 한 10분 정도 있다가 나갔어. 나는 하늘을 날 것만 같았어. 기분이 완전 다운돼 있었는데 오빠 말 들으니까 한결 기분이 나아지더라고. 민준이도 고개를 끄덕이더라.

"이 형, 좀 멋있다."

"그치? 현이 오빠 이번 컨셉 정말 멋있는 것 같아."

"너 이런 스타일 좋아해? 남자다운 사람?"

"어, 그런 것 같네."

나는 얼굴이 화끈거려서 더 이상 말을 길게 하지는 못했어. 좋은 이유가 어디 한두 개여야 말이지. 너무 많아서 다 말할 수 없잖아. 민준이는 풋볼 레슨이 있어서 바로 떠났고, 나는 도서관에서 숙제하다가 오빠들 생방 보려고 집으로 돌아왔어.

* ♪ *

우리 집? 우리 집도 항상 나처럼 매일 똑같은 모습이야. 현관문을 열면 나를 반겨 주는 건 엄마가 애지중지 키우는 커다란 야자

나무들이지. 엄마는 흰색 아니면 검은색을 좋아해서 집에 있는 가구들이 거의 흰색이나 검은색이야. 텅 빈 집에 돌아오면 항상 오빠들 노래를 크게 틀어 놓고 이런저런 쇼츠들을 찾아봐. 오빠들 것도 보고 내가 좋아하는 고양이들 쇼츠도 보고. 어떻게 하면 저렇게 고양이를 잘 찍을 수 있나 싶어서 팔로잉한 사람들도 많아. 외국 영상들도 있어서 고양이들 찍는 데 많은 도움이 되고 있어.

티브이를 켜니까 벌써 음방이 시작했더라고. 아직 오빠들 나오려면 한참 기다려야 할 것 같아서 초코우유를 꺼내 왔어. 현이 오빠도 초코우유를 제일 좋아한다고 했지. 나랑 취향이 잘 맞아. 그때 스마트폰이 울렸어. 엄마 메시지였는데 많이 늦는다는 거야. 나는 그날따라 왜 그렇게 심통이 나 있었는지 몰라. 엄마에게 그냥 좀 빨리 들어오면 안 되냐고 짜증을 부리면서 계속 메시지를 남겼어.

왜냐고? 내가 정말 힘들었으니까. 이제까지 나는 엄마한테 '개'에 대해 단 한마디도 한 적이 없었어. 엄마는 지금 아빠 없이 힘들게 일하면서 나랑 같이 살아야 하니까. 엄마가 그렇게 고생하면서 돈 버는 거 알아서. 나도 최대한 참고, 오빠들 앨범이나 콘서트 얘기도 겨우 말했었다고. 엄마는 몇 번 답문하더니 더 이상 연락이 없었고 나도 씩씩거리며 화면 속 오빠들을 보다가 다 필요 없다고 화를 냈어.

엄마는 그날 밤 12시가 훨씬 넘어서야 집에 도착했어. 나는 식탁에서 나머지 숙제를 하고 있었지. 덕질하다 보면 숙제할 시간이 밀리는 건 당연하니까 그때까지 깨어 있었던 거야. 엄마의 목소리가 날카롭게 변했어.

"이루리, 아직도 안 자고 뭐 해."

"뭐 하긴, 숙제하잖아."

"오빠들 보기 전에 숙제 먼저 하면 안 될까?"

엄마가 깊은 한숨을 내쉬었어. 그러자 갑자기 화가 머리 꼭대기까지 올라왔어.

"엄마, 왜 한숨 쉬어. 내가 그렇게 한심해?"

"됐어. 엄마 힘들어."

"엄마는 매번 엄마 할 말은 다 하고 왜 내 얘기는 안 들어주는 건데!"

나는 자리에서 일어나 책이랑 필통을 챙겨 내 방문을 쾅 닫고 들어갔어. 나도 할 말이 많다고. 근데도 엄마가 힘들 때마다 이야기를 들어줬단 말이야. 하지만 엄마는 뭔데. 내 말은 듣지도 않으려고 해. 엄마가 힘든 거, 나 때문이라는 거 나도 잘 알아.

그날은 정말 오빠들 노래를 계속 들으면서 울다가 밤새 현이 오빠에게 하고 싶은 말을 패드에 엄청나게 적었어. 엄마한테 하지 못했던 속상한 말들, '개'에 관한 일들, 민준이 얘기 같은 것들을 말이야. 다음 날 일어나 보니까 패드가 이불에 파묻힌 채로 있더라.

욕실 거울 앞에서 나는 내 눈을 보고 놀라지 않을 수 없었어. 눈이 찐만두처럼 변해 버렸거든. 나는 엄마랑은 눈도 안 마주치고 시리얼을 가져와 우유를 부었어. 엄마가 내 곁으로 다가와 얼음 팩을 내밀더라. 나는 거절했어. 지금 챙겨 주면 내가 풀릴 줄 알아? 하는 눈빛으로 엄마를 매섭게 쏘아봤지. 근데 엄마가 포기하지 않고 내 눈에 얼음팩을 갖다 대는 거야. 나는 짜증이 나서 확 소리를 지르려다 관뒀어. 엄마 눈도 두꺼비처럼 부어 있었거든.

나는 알고 있어. 엄마는 절대 내 앞에서 울지 않아. 혼자서 몰래 울지. 아빠가 사고로 돌아가셨을 때도, 우리가 단둘이 살게 되었을 때도, 이런저런 힘든 일이 있을 때도 항상 엄마는 혼자 울었어. 나는 갑자기 엄마가 불쌍해졌어. 아까까지만 해도 꼴도 보기 싫었는데. 내 감정이 대체 요즘 왜 이러는 걸까. 우리 엄마는 나보다 더 아기 같은 표정을 지을 때가 있어. 너무 순수해서 내가 보호해 줘야 할 것 같은 표정 말이야. 평소였다면, 엄마랑 한 달 넘게 말하지 않고 계속 뿔이 나 있었을 거야. 하지만 그날은 이상했어. 왜 그런지 모르겠지만 나는 결국 얼음팩을 받아 들고 한쪽 눈을 가렸지.

"배고파. 공쥬가 타 주는 시리얼 먹고 싶다."

나는 마지못해 자리에서 일어났어. 싱크대 수납장에서 시리얼 볼을 꺼내 식탁에 놓고는 엄마의 시리얼을 제조하기 시작했지. 냉동실에서 엄마가 좋아하는 블루베리도 가져다가 한가득 넣었어. 우유가 예쁜 보랏빛으로 바뀌어 갈 때쯤 내가 엄마에게 말을 걸었어.

"엄마, 어제 울었어? 눈이 두꺼비가 되었잖아."

"너도 만만치 않거든?"

"엄마가 더 심해."

내가 정색하니까 엄마는 아무 말 안 하고 시리얼을 먹더니 이내 기분이 좋아진 듯 나를 바라봤어.

"우리 공쥬가 타 준 시리얼이 세상에서 제일 맛있다."

"괜히 민망해서 칭찬하는 거 다 알아."

"절대, 아니야! 근데 루리야. 너 혹시 힘든 일 있어?"

엄마는 내 눈치를 봤어. 어제 내가 한 말 때문에 그렇겠지. 엄마한테 고작 '개'에 대한 말을 한다면 내가 별것 아닌 걸로 힘들어하는 사람이 되는 것 같아서 쉽게 말을 꺼내지는 못했어. 하지만 엄마는 내 표정을 심각하게 읽고 있는 것 같더라고. 나는 별일 없다고 둘러댔고, 엄마도 진짜냐고 하더니 알았다고 했어. 엄마는 무언가를 집요하게 캐묻는 사람은 아니야.

"이번 노래 좋더라."

"어?"

"에이톱스, 이번 노래 좋다고."

나는 정말 깜짝 놀랐어. 전에는 내 방에 있는 현이 오빠 사진들 보면서, "아이고, 잘생겼네" 하는 정도여서 나는 엄마가 오빠들에게 전혀 관심이 없는 줄 알았어. 나도 바보 같지. 오빠들 얘기한다고 신나서 엄마한테 현이 오빠 자랑을 하고 있었다니까. 엄마가 한동안 내 얘기에 집중해 줬어. 5월 3일 토요일, 오전 11시. 난 엄마와 정말 오랜만에 대화라는 것을 했어. 물론 오빠들 이야기가 주된 것이었고 내 마음이나 생각을 솔직하게 말하진 못했지만, 그래도 기뻤어.

엄마는 보충 수업이 있어서 출근 준비를 하겠다고 했고 나도 민준이랑 만나서 도서관에 가기로 했어. 근데 엄마가 이제까지는 보지 못한 밝은 웃음을 짓는 거야. 현이 오빠 얘기를 해서 엄마도 좋은 건가? 그럼 나는 민준이와 엄마를 모두 현이 오빠에게 입덕시킨 '개'와는 차원이 다른 착한 팬이 되는 건가 싶었어. 이렇게 엄마랑 함께 덕질하면 좋겠다, 상상도 했지.

엄마는 웃으면서 말했어.

"내일 소진이 보러 가자. 이모가 너 맛있는 거 사 준대."

"와! 진짜?"

나도 소진 이모가 보고 싶던 참이었어. '개' 언니의 안무 릴스를 보여 주면서 소진 이모가 못한다고 말하는 소리를 듣고도 싶었지만, 그것보다 소진 이모를 오랜만에 본다는 기쁨이 더 컸던 것 같기는 해. 나는 친척이 없어서 소진 이모가 나의 유일한 친척이나 다름없었거든. 그날 소진 이모에게 오빠들의 릴스를 부탁해 볼까, 진짜 용기를 내서 한번 말해볼까, 그럼 혹시 나도 '좋아요'를 자랑할 수 있지 않을까, 그렇게 망상하느라 시간을 보내다 보니 하마터면 민준이와의 약속 시간에 늦을 뻔했어.

Track List 2.

Success

하나같이 진짜라고 우겨 봐라, 여기.
저 정상에 우뚝 설 우리 ready for the show.

5월 4일 일요일이 되었어. 어제도 온갖 잡생각에 릴스 보느라 한두 시간밖에 못 잤어. 〈Success〉 안무 릴스를 얼마나 많이 봤는지 모르겠어. 전 세계 사람들이 올린 거의 모든 릴스를 다 봤던 것 같아. 웃기지? 춤은 잘 모르지만, 그냥 '개'의 언니보다 더 잘 추는 사람이 있다는 걸 계속 확인하고 싶었던 것 아닐까 싶어.

사실 우리 엄마는 운전면허가 없어. 당연히 차도 없고. 엄마가 차에 대해 안 좋은 기억이 많잖아. 그래서 운전하기 힘들어하는 것 같아. 다른 애들이 엄마가 라이딩 안 해 주면 불편하지 않냐고 물어볼 때도 있긴 한데 사람마다 사정이 있는 거잖아. 나는 오히려 엄마랑 지하철 타거나 택시 타거나 하는 게 재미있어. 엄마가 운전 안 해도 되니까 같이 얘기도 하고 좋잖아. 오늘은 혼자 타는

지하철이긴 하지만.

내가 갑작스럽게 말이 더 많아졌다고? 나는 정말 이야기하는 걸 좋아해. 엄마랑 더 자주 얘기하고 싶은 것도 진심이야. 마음으로 그런데 겉으로는 아직 그러지 못해서 안타까워. 엄마와 얘기하는 게 친구들이랑 얘기하는 것보다 즐거울 때가 많거든. 우리 엄마는 진짜 재밌는 사람이야.

엄마가 수업이 끝났다며 연락을 해 왔어. 난 먼저 소진 이모네 학원에 가 있겠다고 했지. 지하철을 타고 소진 이모네 학원에 도착하니까 2시 정도가 되었어. 학원에서는 이미 신나는 비트의 음악들이 흘러나오고 있었지. 주말반 수업이 진행 중이었거든.

소진 이모는 나를 보자마자 달려오더니 꽉 안아 줬어. 소진 이모야말로 엄마보다 더한 극 E랄까. 왜 세상 사람들이 말하는 핵인싸. 처음 보는 누구와도 금방 친해질 수 있는 그런 사람이야. 소진 이모한테는 언제나 좋은 향기가 나. 비누 향기. 엄마한테서 나는 향기랑 비슷해. 엄마가 그랬어. 소진 이모와는 친자매 같은 사이라 공유하는 게 너무 많다고.

"오구오구. 우리 루리 왔어? 어디 보자. 얼마나 더 컸나?"

"이모, 키는 그렇게 한 번에 크진 않아요."

"그런가? 한 10cm는 더 큰 것 같은데?"

소진 이모의 동그란 눈이 더 커다랗게 변했지.

"에이, 그건 민준이잖아요."

"그 말썽꾸러기 얘기는 하지 말자. 그 녀석 때문에 요즘 너무 머리 아파."

나는 '왜요?'라고 묻고 싶었어. 소진 이모한테 민준이는 언제나 멋진 아들이었는데 혹시 며칠 전 싸움 때문에 그런 건가 싶어서. 사실 승우가 먼저 시비 걸었다고 말해야 할까 하다 결국 타이밍을 놓쳤어. 하고 싶은 말 좀 바로 하고 싶다. 난 너무 생각만 많아서 탈이야.

잠시 후 엄마가 도착했어. 요즘 잘 지내냐며 말을 꺼냈지. 소진 이모는 아까 했던 말을 또 했어.

"요즘 민준이 때문에 걱정이 많아."

엄마가 의아한 표정으로 소진 이모에게 말했어.

"민준이처럼 착한 애가 어디 있어?"

"그거 다 옛날얘기다. 내 얘기는 듣지도 않고. 부쩍 똥고집을 피우고 있어요."

"혹시, 그거?"

"어, 그거."

엄마와 소진 이모가 동시에 고개를 저었어. 둘 다 민준이 사건에 대해 알고 있는 건가 하면서도 '그거'가 과연 뭘까 궁금했는데 묻지는 않았어. 나중에 민준이에게 직접 물어보는 게 맞겠다 싶었거든.

"참, 내가 대충 몇 개 챙겨 왔는데. 한번 볼래?"

소진 이모가 갑자기 엄마한테 커다란 쇼핑백 두 개를 건네더라고.

"이모, 그게 뭐예요?"

"음, 비밀."

소진 이모가 '쉿' 하는 표정을 짓는 사이 엄마는 어느새 가방을 들고 밖으로 나가 버렸어. 나는 정말 얼떨떨했지. 이게 무슨 상황이지? 소진 이모가 나를 연습실 안으로 데리고 갔어. 이모는 거울 앞에서 몸을 풀면서 나에게 넌지시 말을 걸었어.

"루리야, 이번에 에이톱스 오빠들 안무 릴스 올라온 거 봤어?"

"네? 네."

나는 가슴이 두근거렸어. 혹시 민준이가 내 얘기를 소진 이모에게 해 준 걸까 싶어서. 반에서 있었던 일들이, '걔'의 잘난 척하는 얼굴과 목소리가 정말 한 번에 확 하고 내 눈과 귀를 스쳐 지나갔지.

"우리도 릴스 찍어서 올릴까?"

"저, 춤 못 추는 거 아시잖아요."

"잘 알지."

"아, 이모. 진짜."

"그럼, 너도 대타 써. '걔'의 언니처럼."

그랬구나. 민준이가 말했던 거였어.

"이모, 민준이가 말했어요?"

"놉."

소진 이모가 고개를 격하게 젓더라고, 민준이는 집에 오면 말 한마디 없이 방에서 나오지도 않는 인물이라는 거야. 나는 정신

34

이 없었어. 대체 뭐가 어떻게 된 거지, 하고 얼떨떨했지. 그때 갑자기 이상한 기분이 스쳐 지나갔어. 어제 내가 분명히 책상에서 패드에 현이 오빠한테 편지를 쓰고 있었는데 일어나 보니 침대에서 자고 있었단 말이지. 엄마가 자고 있던 나를 옮긴 게 분명해. 그리고 매번 패드 비번 걸어 놓는다고 하고는 까먹고 안 걸어 놓은 바보 같은 내 실수도 함께 떠올랐지.

맞아, 엄마가 내 패드에 있던 현이 오빠에게 보내는 편지를 본 거야. 나는 진짜 너무 싫어서 밖으로 뛰쳐나오고 싶었어. 집에 가고 싶지도 않았고, 어디론가 도망쳐서 다시는 엄마 얼굴도 보고 싶지 않았어. 나 몰래 내가 쓴 글들을 보는 거 너무 싫다고. 엄마가 예전에 내 책상 정리하다가 다이어리 한 번 봐서 몇 달 동안 말 안 한 적도 있었어. 나는 화가 너무 나서 그냥 밖으로 나와 버리려고 했어. 소진 이모에게 말하고 나가려고 했더니 소진 이모가 얄밉게 웃으면서 이렇게 말하더라고.

"이루리, 후회할 텐데?"

자신만만한 이모의 얼굴이 날 막아섰어. 소진 이모가 왠지 세상 가장 멋진 릴스를 찍어 줄 것만 같았거든. 그놈의 릴스가 뭐길래, '좋아요'를 받고 싶다는 생각 때문에 도저히 반으로 갈라진 마음을 다스릴 수가 없었어. 그때였어. 누군가 연습실 문을 활짝 열고 들어오더라고.

찰랑거리는 긴 생머리 위로 푹 눌러쓴 검은색 볼캡, 오버 사이즈 회색 반팔 티셔츠, 검은색 벌룬 팬츠, 열 손가락에 고루 끼워진 은색 반지들, 검은색 가죽 팔찌, 그리고 베이지색 워커. 누구냐고? 바로 엄마였어. 그래, 우리 엄마! 엄마가 지금 현이 오빠가 즐겨 하는 착장과 비슷한 모습으로 내 앞에 서 있었다고!

"엄마?"

내가 부르자 엄마가 모자를 살짝 올리더니 나를 보면서 윙크를 날리는 거야. 뭐지, 저 사람 우리 엄마 맞나? 나는 정말 믿기지 않았고 다리가 풀려 버려서 옆에 있던 의자에 털썩 주저앉고 말았어. 차마 엄마 얼굴을 볼 수 없어서 두 손으로 눈을 가렸어. 근데 엄마가 내 손을 천천히 내리고는 무릎을 꿇고 나를 쳐다보면서 이렇게 말하는 거야.

"공쥬~, 앞으로는 속상한 거 있으면 꼭 다 말해. 엄마가 도와줄 수 있는 거 다 해 줄 테니까."

나는 아무 말도 못 했어. 엄마가 대체 뭘 하려는 거지? 우리 엄마, 아빠만큼 몸치인데. 크리스마스만 되면 캐럴 틀고 막춤만 추던 우리 엄마였는데. 그런 엄마의 춤을 오빠들 공계에 올려서 창피한 일이나 만들면 어떻게 하나 싶었어.

"엄마, 왜 그래? 그만해. 그리고 내 패드 몰래 본 건, 이따 얘기해. 나 진짜 화났으니까."

"알았어. 우선 할 거 먼저 하고 나서 엄마를 혼내세요."

나는 '흥' 하고 '엄마의 막춤에 잔뜩 디스해 줄 테다' 하며 씩씩거렸어. 코믹 릴스를 찍어서 뭘 어쩌자고. 진짜 쪽팔리게. 나는 그 냥 소진 이모 것만 올리자고 마음먹고는 의자에 앉아서 격해진 감정을 다잡으려고 했어. 소진 이모가 웃으면서 엄마에게 말했지.

"옷은 잘 맞아? 어제 네가 시안 보내 준 대로 가져왔는데."

"잘 맞아. 우리 예전에도 공연 뛸 때 옷 자주 바꿔 입었었잖아."

뭔 소리야. 엄마 입에서 왜 공연 얘기가 나와?

"웃긴 게 새로 옷을 사도 서로 바꿔 입었었잖아. 서로의 취향을 너무 잘 알았지. 안무는 어땠어?"

"어젯밤에 뮤비 보고 바로 땄지. 간만에 힙합 장르의 곡을 들으니까 너무 좋아서 연습하고도 계속 노래 들었다니까."

엄마가 안무를 딴다고? 내 귀가 어떻게 된 것인가 싶었어. 진짜 끼어들어서 물어보고 싶은 마음이 굴뚝같았지만, 어른들 사이의 대화라 일단은 기다렸지.

"하필 올드스쿨 힙합이라니 운명이네. 채새연 같은 그루브랑 바운스가 어디 흔하냐."

"이이고, 칭찬은. 니 민이 오빠 기억나? 연습실만 가면 부다스트레치, 일렉트릭트러블* 얘기하면서 똑같이 연습하라고 얼굴만

---

* '올드스쿨 힙합(Old School Hiphop)'은 1970년대 힙합 음악 장르의 시작과 함께 발생한 춤으로, 1970년대부터 1980년대 중반까지의 힙합 댄스를 지칭한다. 누가 추더라도 같은 동작이나 스텝을 똑같이 구현하는 것이 특징이다.
'부다스트레치(Buddha Stretch)'는 뉴욕 출신의 댄서이자 안무가로, 1980년대 프리스타일 힙합을 처음으로 만든 인물이다.
'일렉트릭트러블(Electric Trouble)'은 1990년대 일본을 대표하는 힙합 댄스 크루이다.

보면 잔소리였는데."

"그때 하도 연습해서 허벅지 터지는 줄 알았다니까. 그 오빠는 진짜 기본기에 진심이었어. 나 아직도 꿈에서 해피 핏 무한 반복해."

"꿈에서 리복만 하는 내가 더 나은 건가?"

"못살아. 아무래도 지금은 뉴스쿨이 많아졌지."

"그러게. 확실히 요즘 아이돌 안무 보면 거의 크럼핑이나 락킹 많이들 하고, 아이솔레이션 잘하는 친구들도 많은 것 같던데?"

"근데 몇 년 전부터 올드스쿨이 다시 유행 타서 우리 학원에도 많이들 배우러 와. 학생들 오디션 맞춰서 베리에이션 짜고 하면 예전 생각도 나고 그래."

이번에 컴백할 때 현이 오빠가 그랬어. 오빠가 연습생 되기 전에 아는 형들 따라다니면서 비보잉*도 배웠는데 결국 올드스쿨 힙합이라는 춤 종류에 빠져서 헤어 나올 수가 없었다고 말이야. 이번 타이틀곡 안무가 올드스쿨 힙합이라 너무 좋았대. 이 장르

---

* '해피 핏(Happy feet)'은 화려한 스텝이 특징인 힙합 댄스의 동작을 말한다.
'리복(Reebok)'은 특정 브랜드 로고 모양으로 팔을 흔드는 동작이다.
'뉴스쿨(New School)'은 1980년대 중반 이후 창안된 힙합 장르로, 올드스쿨 힙합과는 달리 힙합 이외의 다양한 장르가 섞일 수 있다.
'크럼핑(Krumping)'은 가슴을 튕기거나 발을 쿵쿵거리는 등 에너지와 감정을 자유롭게 표현하는 춤의 한 종류이다.
'락킹(Locking)'은 멈춤 동작을 기본으로 하며 즉흥적 스텝을 동반하는 춤의 한 종류를 말한다.
'아이솔레이션(Isolation)'은 특정한 신체 부위를 따로 움직이는 춤의 기술을 뜻한다.
'베리에이션(Variation)'은 특정 안무의 원래 모습을 변형시키는 것이다.
'비보잉(B-Boying)'은 1970년대 뉴욕에서 만들어진 스트리트 댄스의 한 장르로, 브레이킹(Breaking)이라고도 한다.

의 춤을 제대로 추는 건 쉽지 않지만, 음악에 맞춰 그루브를 타면 자유로워지는 것 같다고 했어.

"근데 새연아, 2001년인가, 기억나? 여의도에서 전국대회 했을 때, 민이 오빠 보러 갔던 거. 우리는 아직 실력이 부족해서 대회에 못 나갔었잖아."

"기억나지. 그때, 진짜 아깝게 2등 했었는데. 오빠가 그날은 무조건 오라고 했었어. 잘 추는 팀들 많이 오니까 와서 보고 배우라고."

"맞아! 우리 거기 계단에 앉아서 중앙 무대 보고 완전 충격 받았잖아."

"다들 너무 잘하니까 나까지 긴장되는 거야. 그거 말고 오빠들 프리스타일 배틀할 때도 많이 갔었는데."

"어제 일같이 생생하다."

나는 어느 순간 엄마와 소진 이모가 함께 안무를 맞추고 있는 모습을 봤어. 와, 어떻게 설명해야 하지? 엄마가 내 눈앞에서 춤을 추고 있었다고! 그것도 무려 내 최애인 현이 오빠가 릴스에서 보여 줬던 컴백 타이틀곡 후렴구 안무를! 무려 '걔'의 언니보다 우리 엄마가 더 잘 추고 있었다니까. 아니, 비교할 수 없을 정도였지.

"엄마!"

나도 모르게 큰 소리로 엄마를 불렀어. 너무 놀라서 말이야. 소진 이모가 신나게 웃더라.

"거봐, 이루리. 내가 가면 후회할 거라고 했지? 채새연, 너 혼자

해 볼래?"

"왜, 같이 하지."

"20년 만에 보는 솔로인데 나는 뒤에서 감상 좀 하련다."

"그러셔. 시대 진짜 좋아졌다. 예전에는 무겁게 캠코더 들고, 다 녹화했었는데."

"8mm 비디오테이프? 나 아직도 그때 영상 다 가지고 있잖아."

"역시 김소진."

"당근. 한 번 찍고 느낌 본 다음에 몇 번 더 찍어 보자고."

소진 이모가 스마트폰을 릴스 전용 거치대에 올리고 백색 조명을 켰어. 오빠들 자컨*에서 자주 봤던 장면이었어. 맞다, 올해부터 소진 이모네 학원에도 아이돌 기획사 내방 오디션이 열린다고 했었어. 그래서인지 촬영에 필요한 전문 장비를 갖추고 있었는지도 몰라. 나는 그때 꿈인지 현실인지 도무지 와닿지 않았지. 정말 그냥 멍하니 엄마의 모습만 보고 있었다니까. 오빠들의 노래가 시작되자 갑자기 내가 다 긴장되는 거야. 엄마는 현이 오빠의 랩에 맞춰서 여유로운 템포로 몸을 움직이기 시작했어.

하나같이 진짜라고 우겨 봐라, 여기

저 정상에 우뚝 설 우리 ready for the show

---

* '자컨'은 자체 콘텐츠의 줄임말로, 방송사 이외에 연예인 본인 또는 기획사가 자체적으로 기획, 제작하는 영상을 말한다.

장난은 안 통해 진짜 real chill cool

자존감에 불을 붙여 널리 연기를 피워

Success is full of my life line.

엄마의 모습이 어땠냐고? 거짓말 하나도 안 보태고 그냥, 현이 오빠 같았어. 정말 내 눈앞에서 현이 오빠가 춤을 추고 있는 것 같았다고. 아니, 어쩌면 엄마가 더 잘 추는 건가 하는 의심마저 들었어. 나는 의자에서 벌떡 일어나 소리를 질렀지.

"엄마! 뭐야!"

엄마는 푹 눌러썼던 볼캡 모자의 챙을 살짝 들어 올리더니 나에게 메롱 하며 말했어.

"저는 이루리의 엄마가 맞거든요?"

나는 엄마에게 뛰어가서 와락 안겼어. 모르겠어. 갑자기 왜 그랬는지. 엄마가 너무 멋있었어. 릴스는 그다음이었지. 소진 이모도 달려와서 같이 안는 바람에 셋이 함께 둥글게 둥글게를 하듯이 제자리에서 돌았어. 성신이 놀아온 내가 정색하면서 어지럽다고 그만하자고 말하지 않으면 언제까지고 돌 기세였지.

소진 이모는 잔뜩 흥분된 얼굴로 녹화된 영상을 엄마에게 내밀었어. 너무 궁금한 나머지 나도 소진 이모에게 같이 보고 싶다고 했어. 우리는 함께 영상을 보기 시작했지. 정말 신기했어. 엄마가 그렇게 현이 오빠처럼 부드럽게 몸을 움직일 줄은 상상도 못 했으니까. 가만히 영상 속 엄마의 얼굴을 들여다봤어. 아까는 미처 보지 못했었거든. 엄마가 세상 제일 멋진 표정을 지으면서 춤을 추고 있더라. 현이 오빠도 그런 표정을 지을 때가 있어. 어느 누가 와도 두렵지 않다는 표정인데, 엄마도 그런 표정을 짓고 있었어. 나는 왜 엄마가 예전에 춤을 춘 사실에 대해 내게 한 번도 말하지 않았는지 궁금했어. 하지만 우선은 릴스를 찍는 데 집중해야 하니까 나중에 패드 얘기할 때 같이 물어보겠다고 마음먹었지.

엄마와 소진 이모가 심각하게 영상을 보고 있었어. 오빠들도 자컨에서 자주 보이는 모습이었기 때문에 그다지 낯설지는 않았지. 나는 엄마랑 이모가 그렇게 독한 사람인지 그날 처음 알았어. 같은 안무를 열 번 추고도 몇 번을 더 추더라고. 아무리 오빠 노래가 좋지만, 같은 구간만 반복하니까 좀 지루해졌어. 근데 엄마랑 소진 이모가 이 정도로 지루해하면 현이 오빠 팬이 될 자격이 있겠냐고 나를 긁는 거야. 나는 이를 꽉 물고 "절대 아니거든요"라고 말했지. 그때 영상을 보고 있던 엄마가 나를 불렀어.

"공쥬, 공쥬가 한번 찍어 볼래?"

"뭐를?"

"릴스에 올릴 영상. 엄마 거 공쥬가 찍어 봐."

"내가? 나 고양이만 찍어서 잘 못 찍을 텐데?"

"음, 근데 여기에서 현이 오빠를 제일 많이 본 사람이 너잖아."

"그 얘기가 지금 왜 나와."

"놀리는 게 아니고. 그냥 오빠 나왔던 영상처럼 엄마를 찍어 주면 어떨까 해서."

그 말은 맞아. '걔'도 나만큼 오빠 영상을 많이 보고 분석하진 못했을 거야. '걔'는 아무 생각 없이 바로 쇼츠를 넘기면서 '좋아요'나 눌러 대는 애니까. 소진 이모가 스마트폰 거치대를 내게 넘겼어. 나는 거치대를 꽉 붙잡았지. 생각보다 무거웠거든. 소진 이모가 노래를 준비할 때, 나는 엄마에게 처음엔 클로즈업하고 뒤로 빠졌다가 다시 중앙으로 오는 게 오빠의 주된 촬영 루틴이라고 알려 줬지. 엄마가 알겠다고 하고 동선을 정리하더라고. 소진 이모도 옆에서 한 번 더 봐주고.

그렇게 내가 세 번을 찍었는데, 엄마랑 소진 이모가 마지막 영상에서 오케이를 외쳤어. 나는 무게가 나가는 거치대를 드느라 팔이 떨어져 나가는 것 같았어. 세상엔 정말 쉬운 일이 없는 것 같아. 근데 왜 신나는지 모르겠더라고. 그렇게 신난 날은 크리스마스에 유치원에서 산타 할아버지한테 선물 받은 이후로 처음이었어. 물론 그 산타는 우리 아빠였지만. 이제 다 끝났나 했는데, 소진 이모가 큰 소리로 외치더라.

"간만에 프리스타일 한번 갈까?"

소진 이모가 헉헉대는 엄마 곁으로 다가와 스마트폰을 내밀었어. 한 시간 전에 오빠들 공계에 프리스타일 릴스 이벤트가 올라왔다는 거야. 나도 내 스마트폰을 꺼내서 오빠들 인별 공계로 들어갔어. '개'의 언니가 또다시 보였어. 정말 지긋지긋해. 오늘은 더 짧은 검은색 크롭 티셔츠를 입었어. 그럴 거면 아예 옷을 입지 말든가. 예쁘지도 않은데 예쁜 표정은 왜 짓는 걸까? 엄마랑 소진 이모는 이미 올라온 릴스들을 보고 있었고 나는 엄마 곁으로 다 가갔어.

"엄마, 내 패드에 있는 거 다 읽었어?"

엄마가 눈을 피하더라고. 난 다시 한번 물었고, 엄마는 마지못해 고개만 끄덕였어. 나는 엄마 앞에 쿵 하고 털썩 주저앉았어. 엄마랑 소진 이모가 너무 놀랐는지 괜찮냐고 달래 줬지. 그 순간이었어. 괜찮냐는 말을 듣는 순간, 그냥 눈물이 확 터져 버렸던 거야. 난 전혀 괜찮지 않았거든. 내 속상한 마음을 남들은 이해 못할 수도 있어. 하지만 나는 죽을 만큼 마음이 아프다고. 현이 오빠가 '개'랑 '개'의 언니만 좋아한다고 생각하면 내 마음이 무너져 내려서 그저 울 수밖에 없단 말이야.

엄마가 아무 말 없이 나를 꼭 안아 줬어. 비누 향기가 내 코끝을 스쳤지. 내가 아기 때부터 맡았던 냄새라 그런가, 나도 모르게 더 펑펑 울어 버렸어. 진짜 아기처럼 말이야. 엄마가 내 등을 팡팡 두드리면서 말했어.

"루리야, 엄마가 꼭 현이 오빠의 '좋아요'를 받아 주겠어!"

나는 그 말이 그냥 꿈같은 이야기일 뿐이라고 생각하면서도 너무 좋았어. 많은 설명을 하지 않았는데도 엄마가 내 마음을 알아

주는 것 같았지. 나는 눈물을 닦고 엄마에게 처음으로 내 진심을 말했어. '걔'랑 '걔'의 언니가 너무 싫다고. 엄마는 알았다고 했어. 프리스타일 영상은 소진 이모가 촬영해 주겠다고 해서 나는 의자에 앉았지.

엄마랑 소진 이모는 또다시 몇 가지 동작을 맞추는 것 같았어. 춤을 잘 모르는 내가 봐도 그냥 너무 멋있는 동작들이었지. 미끄러지듯이 뻗어 나가는 발동작 하며, 박자에 몸을 맞추면서 흔드는 팔동작들이 뭐랄까, 엄마가 정말 멋있었어. 엄마는 흘러나오는 음악에 리듬을 타면서 몇 번 동작을 맞추더니 소진 이모에게 이제 시작한다는 사인을 보냈어.

놀라운 사실을 한 가지 더 말해 주자면, 엄마는 한 번에 프리스타일 영상을 마무리했다는 거야. 그 짧은 시간에 할 수 있는 모든 멋진 동작을 다 담아냈지. 소진 이모는 큰 소리로 엄마의 이름을 외쳐 댔어. "채새연! 채새연!" 어느덧 문밖에서 지켜보고 있던 학원생들도 휘파람을 불며 "멋있다!"라고 외치기 시작했지. 엄마는 단번에 모자를 거꾸로 쓰고는 한 바퀴 턴하는 걸로 감사 인사를 대신했어.

Track List 3.

New, Now

내면 깊은 곳의 울림을 듣는다면,
너 역시 새로운 세상에 발을 디딘 거야.

그렇게 영상을 다 찍고 나니까 어느덧 두 시간이 훌쩍 지나가 있더라고. 엄마는 덥다면서 잠깐 밖에 바람 쐬러 나가고 싶다고 했어. 소진 이모가 엄마한테 아이스크림이 먹고 싶다고 하니까 엄마가 후다닥 나가더라. 엄마는 여름에 태어나서 땀도 잘 흘리고 더위에 좀 약해. 그런 점도 현이 오빠랑 비슷하다는 걸 그때야 알았어.

그날 우린 다 함께 저녁을 먹기로 했는데, 풋살 학원에 간 민준이가 아직 도착을 안 해서 잠깐 기다리기로 했거든. 엄마가 밖으로 나가자마자 이모가 장난기 가득한 얼굴로 나한테 바짝 다가왔어.

"이루리, 집에 그냥 갔으면 후회할 뻔했지? 이 좋은 구경도 못 하고."

"이모, 저 놀려 먹으니까 재밌죠?"

"절대 그렇지."

"아."

소진 이모는 깔깔대면서 아까 완성된 영상을 내게 보내 줬어. 내가 크게 편집할 건 없었고, 그냥 엄마랑 어울리는 색감이나 명암 같은 거 조절해서 업로드하기로 했어. 나는 내 스마트폰에 영상을 저장하고 소진 이모에게 물었지. 엄마는 왜 지금까지 내게 이런 모습들을 숨겼는지 궁금했거든. 이모는 강력하게 아니라고 고개를 저으며 말했어.

"너한테만 숨긴 게 아니지. 새연이 자신에게도 숨긴 거야. 루리 너도 너 자신에게 숨기는 것들이 있잖아."

나는 나도 모르게 고개를 끄덕였어. 내 속에 있는 또 다른 루리가 남들에게 보여 주고 싶어 하지 않는 모습들이 있으니까. 그래도 엄마의 춤은 남들에게 보여 줘도 되는 모습이지 않았을까 싶었어.

"루리야, 엄마가 아마 집에 가서도 말하겠지만, 그냥 이모가 알고 있는 엄마에 대해서 말해 줄게."

소진 이모는 흠흠 하고 목을 가다듬고는 내게 해 줄 중요한 이야기가 있다고 하는 거야. 나는 귀를 쫑긋 세웠지.

소진 이모는 엄마랑 중학교 때부터 친구였는데 고등학교를 같이 다니면서 춤을 췄다고 했어. 엄마가 중학교 때부터 춤을 췄는데, 이전에 말한 교통사고 때문에 허리 수술하느라 포기해야 했다고 하더라고. 이후에 재활해서 다시 춤을 췄지만 힘든 건 어쩔 수가 없었나 봐. 그래도 엄마랑 소진 이모는 작은 대회들부터 차근차근 경험해 보기로 했대. 그러다 나름 유명한 댄스크루에 있던 오빠, 아까 말한 단발머리를 했던 민이 오빠라는 분이 청소년 대회에 나온 엄마랑 소진 이모를 눈여겨봤는지 와서 춤을 배우라고 했나 봐. 본격적으로 춤을 배우고 나서는 모든 대회에서 상위권에 올랐다고 말하는 소진 이모의 표정이 너무 신나 보였어.

나는 엄마가 그렇게 춤에 진심이고 춤을 좋아하는지 몰랐어. 엄마가 춤을 좋아했던 이유는 춤을 추는 그 순간만큼은 자유로워서였다고 소진 이모가 말해줬는데 난 그 말을 듣고 엄마도 나도 자유로워지고 싶어 하는 마음은 똑같다고 생각했어. 길냥이들이나 구름을 찍는 순간은 나도 자유로웠거든.

나는 엄마에 대해 얼마나 알고 있을까? 엄마는 나에 대해 얼마나 알고 있을까? 나와 엄마는 나와 현이 오빠 사이와는 비교도 안 되게 엄청 가까운 사이인데 어쩌다 현이 오빠보다 멀게 느껴진다는 감정을 자주 갖게 되었을까, 스르륵 고개를 떨구게 되었어.

그러던 사이 민준이의 "요!" 하는 소리가 들리면서 연습실 문이 열렸어. 민준이는 항상 내 곁에 올 때 "요!" 하며 건들거리면서 걸어와. 랩을 시작할 때 하는 추임새 같은 느낌으로. 그런 민준이를 보면 약간 킹받을 때가 있지만 그러려니 해. 민준이랑 같이 들어온 엄마가 아이스크림 봉투를 신나게 흔들었어. 세상에, 아이스크림이랑 음료와 도넛까지. 소진 이모는 엄마한테 식당 예약했는데 뭘 그렇게 많이 사 왔냐고 놀렸고, 엄마는 아랑곳하지 않으며 밥 배는 따로 있다고 했어.

근데 민준이는 소진 이모랑 정말 눈도 안 마주치더라? 둘이 무슨 이유로 싸웠는지는 모르겠지만 민준이 손에 커다란 카메라 가방 같은 게 있더라고. 민준이는 소진 이모 앞으로 가방을 밀어 버리고는 내 옆에 앉았어. 우린 앉아서 아이스크림과 도넛을 먹었지. 소진 이모가 "짜잔!" 하더니 카메라 가방에서 뭔가를 꺼냈어. 그걸 본 엄마는 화들짝 놀라며 말하는 거야.

"와, 이걸 진짜 가지고 있었다니."

"민준이보고 오는 길에 집에 들러서 가지고 오라고 했지."

소진 이모가 가방에서 캠코더를 꺼내더니 뭔가를 찾는지 재생 버튼이랑 빨리 감기 버튼을 이리저리 눌러 대더라고. 나도 캠코더를 처음 보는 터라 신기해서 소진 이모 곁으로 다가갔어.

"애들아, 봐라. 이게 이 엄마들의 리즈 시절이라는 거야."

소진 이모가 재생 버튼을 누르자 정말 내 나이로 보이는 엄마랑 소진 이모의 모습이 나타났어. 둘 다 긴 생머리를 휘날리면서 엄청 헐렁한 티셔츠와 바지를 입고 춤을 추고 있더라고.

"엄마, 자뻑."

민준이가 한마디 하자 소진 이모가 민준이의 팔을 툭 하고 쳤

어. 가만히 보기나 하라는 거지. 민준이는 아픈 척을 왕창 하면서
도 재밌는지 두 사람의 어린 시절을 가만히 쳐다보고 있었어.

"새연 이모 진짜 멋있다. 그냥 아이돌 같다. 남자 아이돌."

"아들, 새연 이모가 남자, 여자 안 가리고 다 인기가 많았어요.
제대로 봤네."

우리 엄마가 그런 사람이었구나. 파워풀한 춤동작 때문에 남녀
모두에게 인기가 많았다는 거야. 신기했어. 지금 시대면 그런 거
아닐까? 걸크러쉬?

"저 때, 고1 축제 준비하는데 나는 또 허리가 아파서 매일 파스
붙여 가며 춤췄잖아."

"내가 진짜 파스 많이 붙여 줬지. 나처럼 천사 같은 친구가 어
딨냐?"

"그건 인정."

그렇게 엄마랑 소진 이모의 무대가 끝나자 어디선가 낯익은 얼
굴이 보였어. 아빠? 이건 또 무슨 일이래. 엄마는 갑자기 짜증을
냈어. 나는 너무 놀라 눈을 몇 번 깜빡이고는 겨우 화면 속의 아
빠와 눈을 마주쳤어.

"이진홍이 나오네. 저 때는 진짜 꼴도 보기 싫었었는데."

"엄마, 저 사람 아빠야? 아빠 머리가 왜 저래?"

"몰라, 어느 날 갑자기 세상에 불만이 많다면서 저렇게 머리를
다 밀고 왔어."

엄마가 고개를 저었지. 머리를 밀고 온 아빠는 담임쌤과 다른 쌤들에게 엄청 혼났었대. 아빠에게 그런 면이 있었다는 것도 난 처음 알았어. 아빠는 범생이 이미지였는데, 숨겨진 반항심이 있었다니 놀라웠지. 엄마, 아빠가 고등학교 때부터 알고 지냈다는 건 알았는데 둘 다 저런 모습으로 축제에 나왔다는 건 정말 충격적이었어.

"루리야, 진홍이랑 새연이랑 처음엔 완전 사이 별로였어. 거의 상극."

"네? 왜요?"

"쟤네 랩 동아리랑 우리 댄스 동아리랑 찐 라이벌이었거든. 저때 진홍이가 머리 밀고 거의 미쳐서 눈 뒤집고 랩하는 바람에 우리가 2등 했지. 그날 너네 엄마 울고불고 난리도 아니었어."

"김소진, 당연히 눈물이 쏟아지지. 이진홍이 트로피 들고 내 앞에서 약 올린 거 생각하면 진짜."

"그거야 진홍이가 너 좋아했으니까 그러지. 자기 존재감 알리려고. 그러니까 싸이월드에 민이 오빠 사진은 왜 올려서 이진홍이 축제에 나오게 하냐."

"몰라, 그때 생각하기도 싫어. 그때 1등은 원래 우리 거였다고."

엄마는 그날 1등을 못 해서 정말 속상했었나 봐. 인상까지 쓰고 열받은 표정을 지었거든. 민이 오빠가 대체 어떤 분이길래 아빠가 그렇게 질투했는지 궁금했어. 아빠랑 엄마의 이야기도 더 들고 싶었고. 이따가 저녁 먹고 집에 가면 엄마랑 할 얘기들이 정말 많을 것 같다는 느낌이 들었지. 오늘은 그냥 솔직하게 궁금한 거 다 물어볼까?

캠코더에서 흘러나오던 영상이 완전히 멈췄어. 소진 이모는 나머지 학원 일을 실장님께 부탁하고 우리와 함께 나왔지. 소진 이모가 주차장에서 차 갖고 나온다고 학원 입구에서 잠깐만 기다리라고 했어. 그러면서 앞으로는 이런 시간이 자주 있었으면 정말 좋겠다고 했어. 나도 엄마도 민준이도 그랬으면 좋겠다고 대답했지.

엄마가 영상을 찍을 때 입었던 옷을 그대로 입고 밖으로 나왔어. 근데 그런 엄마랑 같이 있으니까 왠지 다른 사람의 시선이 신경 쓰이는 거야. 소진 이모의 학원이 있는 동네는 기획사 연습생들이나 연예인 지망생들처럼 보이는 사람들이 많아. 나는 그런 사람들을 볼 때마다 항상 부러웠어. 뭔가 특별한 삶을 살고 있는 사람들이라 나와는 다르다고 생각했거든.

하지만 그날은 우리 엄마가 더 멋있었어. 그래서 좋았지. 나는 아직 그렇게 보이기는 힘드니까. 근데 나도 엄마처럼 되고 싶다고, 그런 생각을 처음으로 했던 것 같아. 엄마는 평소에 거의 정장 아니면 트레이닝복만 입고 있었으니까. 낯설긴 하지만, 엄마의 새로운 모습을 볼 수 있었던 시간이었어.

* ♪ *

행복은 먼 곳에 있는 게 아닌가 봐. 소진 이모가 정말 맛있는 고 깃집을 소개해 줬거든. 간만에 한우 파티를 했는데 나중에는 정 말 배가 불러서 내가 좋아하는 물냉면도 몇 젓가락 겨우 집어 먹 었다니까. 역시 사람은 잘 먹어야 우울함도 줄어드는 거야.

부른 배를 만지작거리고 있는데, 소진 이모랑 엄마는 밖에 나 가서 잠깐 무슨 얘기를 하는 것 같았어. 나는 민준이랑 후식으로 나온 식혜를 마시고 있었고. 근데 민준이가 갑자기 나보고 7일 오후 7시에 단지 앞 호수공원으로 나오라는 거야.

"어버이날 선물 사러 가자."

"좋아. 근데 왜 하필 7시야?"

"그때 와 보면 알겠지."

서선 또 무슨 소리람. 나는 민준이의 꿍꿍이가 뭔지 궁금했어. 잠시 후 엄마가 우리보고 나오라고 해서 함께 밖으로 나가니까 하늘이 징말 예쁜 보랏빛의 서녁노을로 물들어 있더라고. 보라색 은 현이 오빠가 좋아하는 색이기도 해. 나도 정말 좋아하고, 엄마 도 좋아하지. 그러고 보니까 우리 셋, 뭔가 좋아하는 것들이 많이 겹치네.

소진 이모가 집에 데려다줬어. 이모네 집은 우리 아파트 단지 랑 좀 떨어져 있어서 30분 정도 뒤에 민준이로부터 집에 잘 도착했다는 메시지를 받았어. 이상하게도 그날은 집에 돌아오는 길이 외롭지 않았다? 진짜 오랜만에 엄마랑 함께 집에 들어와서 그런 가? 거실에 있던 야자나무들도 좋아하는 것 같았어.

엄마는 땀을 많이 흘려서 그런지 먼저 씻겠다고 했어. 나는 오빠들 인별에 올라온 사진들이랑 공계에 올라온 팝업 공지를 보고 있다가, 엄마가 나오자마자 바로 씻으러 들어갔지. 내가 춤을 춘 것도 아닌데, 영상 찍느라 어찌나 긴장했던지, 5월인데도 한여름만큼 땀을 많이 흘렸더라고.

샤워를 하고 개운한 기분으로 거실에 나오자 엄마가 소파 쪽으로 오라고 빠르게 손짓했어. 엄마가 바쁘기 전엔 소파가 우리의 대화 아지트 같은 곳이었거든. 둘이 새벽까지 얘기할 때도 많았는데 오랜만에 그렇게 둘이 앉아 있으려니 어색함이 살짝 감돌았지. 엄마는 내가 가장 좋아하는 초코우유를 내밀며 조심스럽게 말을 걸었어.

"공쥬, 엄마가 패드 몰래 봐서 진심으로 미안해."

"엄마, 진짜 절대 죽을 때까지 다신 그러지 마. 나 정말 싫어."

"오케이. 네버 네버."

"약속했다."

"응. 약속! 공쥬, 근데 릴스는 올렸어?"

"아직. 밤 10시 정각에 올릴 거야."

"무슨 이유라도 있어?"

"그냥 내 마음."

밤 10시, 그때가 오빠들이 가장 왕성하게 인별 활동을 할 때니까 꼭 그 시간에 맞추겠다고 생각하고 있었어. 엄마는 들고 있던 초코우유를 한 모금 마시고는 말했어.

"이거 맛있네. 처음 마셔 봐."

"그치? 현이 오빠가 가장 좋아하는 거야."

"오빠가 초코맛 좋아하는구나."

"오빠는 달달한 거는 다 좋다고 했어. 디저트에 진심이라고."

"그렇구나. 공쥬는 오빠의 어디가 좋아?"

나는 엄마가 갑자기 왜 현이 오빠에 대해서 물어보나 싶었어. 관심 없는데 혹시나 딸을 위해서 있는 척하는 건가 싶기도 했고. 그런 생각이 드니까 갑자기 말하기가 싫어지더라고. 엄마는 내 표정을 살피더니 알았다는 듯이 그냥 남은 초코우유를 마셨어. 나는 엄마에게 약간 짜증 섞인 목소리로 말했어.

"엄마, 춤췄던 거 왜 나한테 숨겼어?"

"응? 숨긴 서 아니야. 말할 기회가 없었던 거지."

엄마는 초코우유를 탁자 위에 내려놓았어. 옆에 있던 쿠션을 가져와 안고는 나한테 이렇게 말했지.

"그냥, 지금 사는 내 모습이랑 전혀 다르잖아. 살다 보니까 그런 때가 있었나 싶어서."

"아까는 민이 아저씨라는 사람 기억 잘만 했잖아."

"헉."

엄마는 창피한 듯 쿠션으로 얼굴을 가렸어. 내가 쿠션을 내렸더니 엄마는 수줍게 얼굴을 내밀었지.

"공쥬는 좋아하는 사람 없어?"

"나, 있잖아. 현이 오빠."

"현이 오빠가 좋아, 민준이가 좋아?"

엄마가 짓궂게 웃었어. 엄마랑 이런 얘기 하는 게 처음이라 정말 어색해 미칠 것 같았지만 한편으로는 재밌기도 했어. 친구랑비밀 얘기하는 기분이었거든.

"그러는 엄마는 아빠가 좋아, 민이 아저씨가 좋아?"

"음, 난 둘 다."

"그럼, 나도 둘 다."

엄마가 갑자기 깔깔거리면서 웃었어. 나도 같이 웃었고. 엄마가 급 정색하는 바람에 둘 다 웃음을 그쳤지.

"근데 공쥬, 너 왜 '개'에 대해서 말 안 했어? 글 쓴 것만 봐도열받던데."

"엄마가 바빴잖아. 요즘엔 아프기도 했고. 별거 아닌데 뭘."

"에이, 그럼 안 돼. 공쥬 일에 별거 아닌 게 어디 있어?"

나는 '정말?' 하고 속으로 되물었어. 내가 고민했던 일들이 중요한 문제라고 엄마가 직접 말해 주는 게 왜 안심이 되었을까.

그때부터 내가 '개' 때문에 얼마나 스트레스를 받았는지 엄마에게 모두 이야기했어. 엄마는 심각한 표정으로 나라도 진짜 화났을 거라고 해 주더라고. 그러면서 그깟 대면팬싸나 영통 같은 거 엄마가 못 해주겠냐고 말하는 거야. 당장이라도 현이 오빠 보게 해 준다고 어찌나 큰소리를 치던지. 나는 놀라서 괜찮다고 했어. 엄마한테 그렇게까지 빌붙는 중3이 되고 싶지는 않으니까. 언젠가는 꼭 오빠를 만날 수 있을 거라 믿었어.

"엄마, 춤추면 어떤 기분이 들어?"

"자유롭지. 그게 진짜 춤의 장점인 것 같아."

"근데 그동안 왜 안 췄어?"

"그러게. 왜 안 췄을까."

"현이 오빠도 춤추면 그런 기분이 든대. 자유롭다고 했어."

"정말?"

"엄마, 현이 오빠 춤, 진짜 잘 추지?"

"그럼, 예전에 엄마한테 춤 가르쳐 줬던 오빠들 생각 났었다니까."

나는 내심 뿌듯했어. 춤 잘 추는 우리 엄마가 현이 오빠를 칭찬해 줘서. '걔'의 언니랑 엄마는 하늘과 땅 차이니까. 나는 엄마에게 "잠깐!"을 외쳤어. 밤 10시가 되었거든.

아까 찍은 안무 릴스 두 개에 공계 태그를 걸어서 바로 공유했어. 웃긴 게, 그 이후에 다른 사람들의 반응을 볼 시간도 없이 엄마랑 엄청나게 많은 이야기를 나누다 새벽에 잠이 들어 버렸다는 거야. 내가 자기 전에 스마트폰을 하지 않았다니, 이게 말이 되는 일이냐고.

나는 엄마 아빠의 캠코더 속 예전 이야기들이 궁금했어. 나도 1년만 지나면 그때의 엄마 아빠와 같은 나이가 되는 거잖아. 엄마는 아빠가 죽고 난 뒤부턴 아빠에 관해 아무런 이야기도 꺼내지 않았었거든.

"엄마, 아빠랑 어떻게 친해졌어?"

"우리? 고1 때 1학기 시작하고 처음으로 짝꿍이 되었지. 그때는 한 반에 50명씩 있어서 뽑기로 자리를 정하는 게 국룰이었거든. 둘이 키도 큰데 4분단 둘째 줄에 앉아서 진짜 웃겼었어. 아무튼 아빠가 2교시 시작할 때 엄마한테 살며시 사탕을 주는 거야. 엄청 예쁘게 웃으면서. '사탕 먹을래?' 이랬지."

아빠가 엄마한테 먼저 사과 맛 막대 사탕을 줬다는 거야. 왠지 내가 다 부끄럽다. 그전에는 서로 다른 중학교라 몰랐었는데, 아빠가 꽤 인기 있었나 봐. 같은 반 여자 친구들이 쉬는 시간마다 엄마에게 와서 아빠랑 짝이 된 거 부럽다고 말하고 갔다더라고.

"그럼, 엄마랑 아빠는 그때부터 사귄 거야?"

"사귀기는. 그냥 친구였지."

엄마는 단호히 말했어. 고등학교 때까지는 얼굴만 보면 그렇게 싸웠다는 거야. 엄마는 진짜 아빠가 자기를 좋아했는지 몰랐대. 맨날 시비를 걸어오니까. 그러다 싸이월드 사건이 일어났다고 했어.

엄마는 아무 생각 없이 민이 아저씨와 함께 어깨동무하고 찍은 사진을 싸이월드에 올렸대. 다른 팀원들도 다 그렇게 찍었으니까. 엄마는 민이 아저씨를 존경한다고 했거든. 춤에 대해 진심인 사람을 만날 수 있었던 게 천운이라며 그런 모습에 반했는데 고백은 하지 못했다고 했어. 민이 아저씨를 좋아하는 여자애들도 많아서 그냥 포기했다는 거야. 나는 엄마한테 "편지라도 써서 주지 그랬어"라고 했어. 엄마는 "그럴 걸 그랬다" 하면서 씁쓸하게 웃더라고.

근데 아빠가 그 사진을 보고 혼자 폭발해서는 머리까지 밀고 엄마가 다니는 축제나 대회마다 다 따라다니면서 자기 친구랑 함께 랩을 시전했다는 거야. 아까도 듣긴 했지만, 아빠의 로우톤 랩이 멋있긴 하더라. 가사도 틀리지 않고 여유롭게 하는 편이고. 현이 오빠도 로우톤으로 랩을 하는데. 어라, 이것도 비슷하네. 뭐야, 왜 이렇게 오빠랑 비슷한 것들이 내 부모님과 계속 겹치지?

엄마는 그런 아빠가 신싸 싫었대. 어느 대회를 나가도 서로 1, 2 등을 번갈아 가면서 했으니까. 고등학교 졸업할 때까지 쭉 그랬다는 기야. 둘 다 대학 가고 나시는 연락도 안 했대. 아빠가 제대한 뒤에야 다시 만났다니까 꽤 긴 방황을 하지 않았나 싶어. 내가 보기엔 둘이 처음부터 좋아했던 걸로! 엄마는 갑자기 말을 돌렸어. 아빠 생각이 났는지 엄마 눈에 눈물이 그렁그렁했거든.

그냥, 내가 현이 오빠나 민준이를 좋아하는 이유는 비슷한 것 같아. 내게 먼저 다가와 힘을 낼 수 있게 위로해 주니까. 현이 오빠는 항상 팬들에게 먼저 안부를 물어봐 줘. 요즘 어떤지, 오늘은 어떻게 지냈는지. 만약 힘든 일이 있다면 기운 내라고 말해 줘. 왜, 하루를 살다 보면 기분이 땅 밑까지 푹 꺼지는 것 같을 때가 있잖아.

민준이도 그래. 언제나 나한테 먼저 메시지를 보내 줘. 오늘 어땠는지, 밥은 먹었는지. 혹시라도 '개' 때문에 속상하지는 않은지. 그리고 무엇보다도 현이 오빠나 민준이 둘 다 유쾌해. 사람들을 웃게 만드는 개그 코드들이 있어서 나도 모르게 웃을 때가 많아. 둘 다 나에게 다정하고, 나를 웃게 해 주는 사람들이었네.

나는 지금껏 내가 좋아하는 사람들에 대해 누군가에게 솔직히 이야기한 적이 없었는데, 엄마한테 그런 말을 털어놓을 수 있어서 너무 좋았어. 아빠 일 이후로 우리는 그냥 일상적인 이야기들만 나누었다고 했잖아. 그래서 이런 대화를 할 수 있었다는 점에서 기쁘기도 하고, 약간 �뻘쭘하기도 하고 그랬어.

새벽 1시쯤이 되자 졸음이 막 쏟아지는 거야. 그런 적은 난생처음이었어. 나는 바로 침대에 쓰러져서 자 버리고 말았지.

Track List 4.

The Day Of Dream

하루만이 아니야. 수없이 눈을 감았다 떠도 넌 지금 그곳에 서 있어.
끝이 없는 꿈. The Day Of Dream.

지금까지 내 편지를 잘 읽어 주고 있다니 감동이다. 그럼, 남은 이야기도 잘 부탁할게. 내 편지를 다 읽고 나면 꼭 너의 이야기도 들려줄 거라고 믿어.

드디어 5월 5일 월요일이 되었어. 그날은 황금연휴의 시작일이라 엄마가 오랜만에 5일과 6일 연달아 쉬게 되었거든. 그래서 그런지 내가 먼저 일어나서 엄마 없는 식탁에 나와 있으니까 이상하더라고. 물론 늦잠 자는 바람에 오전 11시에 일어나긴 했지만. 그래도 오랜만에 푹 잤더니 매우 상쾌했어.

목이 말라서 스마트폰을 들고 정수기에서 받은 얼음물을 들이 켜려는 순간, 나는 집이 떠나가라 비명을 질렀어. 깜짝 놀란 엄마가 잠이 덜 깬 채로 달려 나오면서 무슨 일이냐고 물었어. 나는 덜 덜 떨리는 손으로 엄마에게 스마트폰 화면을 내밀었지. 엄마가 말했어.

"오 마이 갓."

우리 둘은 잠옷 바람으로 그대로 소파에 주저앉았어.

오빠들의 공계에 엄마의 릴스가 있는 것은 물론 말도 안 되는 조회수에 '좋아요'도 상상을 초월하게 많았던 거야! 팔로워? 하루 사이에 몇만 명이 늘어 있었어. 게시물이라고는 엄마의 릴스 단 두 개밖에 없었는데 말이야. 꿈이라면 제발 깨지 말라고 계속 중얼거렸지.

거기까진 괜찮았어. 엄마랑 내가 너무 놀라서 충격을 받은 부분은 바로 현이 오빠 기획사로부터 받은 DM 때문이었어. DM 내용이 뭐냐고? 놀라지 마. 오빠네 회사 영상팀에서 엄마의 이번 릴스가 화제가 되어 연락했고, 현이 오빠가 엄마의 릴스를 보고 직접 만나고 싶다고 말했다는 거야. 대박이지. 빡빡한 현이 오빠 일정 때문에 어쩔 수 없이 오늘 저녁 8시에 바로 만나야 하는데 괜찮겠냐는 거야! 괜찮긴요. 너무 괜찮습니다!

"공쥬, 이거 실화냐?"

"엄마, 어떻게 해?"

"어떻게 하긴. 당연히 가야지. 근데 릴스 제목이 이게 뭐야. '40대 공쥬맘이 말아 주는 김현 릴스'? 엄마 나이는 왜 사방에 알리는 건데."

"그거 소진 이모가 그렇게 하라고 알려준 거야. 그렇게 해야 유입이 많이 된다고."

"김소진."

"엄마, 근데."

"왜 그래?"

"엄마 릴스가 그냥 인별 전체에 너무 퍼진 것 같아."

"이놈의 인기."

엄마는 소파에 기대서 제법 건방진 자세를 취했지. 나는 다양한 국적의 사람들이 달아 준 댓글을 읽기 바빴어. 엄마를 칭찬하는 댓글이 많았거든. 그중에서 가장 마음에 들었던 댓글이 있었는데 그게 뭔지 알아? 자기도 우리 엄마 같은 엄마가 있으면 좋겠다며 부럽다는 댓글이었어. 나도 모르게 웃음이 나왔어. 누군가를 부러워만 해 봤지, 내가 누군가의 부러움의 대상이 될 거라고는 며칠 전까지만 해도 절대 상상할 수 없었으니까. 엄마는 내 스마트폰으로 영상팀에게 DM을 보냈어. 그렇게 몇 번 영상팀과 일정을 조율하고 엄마가 스마트폰을 탁자에 내려놨지.

"공쥬, 오늘 같이 가서 현이 오빠 볼 거지?"

"진짜? 나도 같이 들어가는 거야?"

"뭘 물어. 공쥬가 내 매니저 아니야?"

"엄마!"

눈물은 또 왜 그렇게 많이 나오는지 모르겠어. 어제도 울고 그제도 울었는데 또 펑펑 울기 시작했어. 내가 그동안 '개' 때문에 속상한 게 정말 많았었나 봐. 엄마가 내 등을 토닥여 주면서 말했어. 지금은 그냥 현이 오빠만 생각하라고, 네가 좋아하는 사람 생각하기에도 시간이 부족하니까 싫어하는 사람은 그만 생각하라고. 나는 대답 없이 고개를 끄덕였어. 엄마 말이 맞는 것 같았거든. 내가 좋아하는 건 현이 오빠지 '개'가 아니니까.

엄마가 시계를 보더니 소진 이모에게 바로 연락했어. 엄마 옷장에는 지금 당장 릴스를 찍을 만한 옷들과 소품들이 없으니까. 소진 이모의 목소리가 스마트폰을 뚫고 나오는 것 같았어. 필요한 것들을 챙겨서 학원 출근 전에 우리 집에 올 수 있다고 하더라고. 소진 이모도 요즘 언니 오빠들 입시 때문에 엄청 바쁘거든. 어쩌면 소진 이모도 엄마가 다시 춤을 췄으면 하고 바라지 않았을까? 소진 이모는 엄마랑 함께 춤췄던 시절이 살면서 가장 재미있었던 때였다고 말했으니까.

엄마는 현이 오빠가 나온 영상을 티브이로 틀어 보라고 말했어. 그러더니 거실 탁자를 같이 들어 옮기자는 거야. 나는 엄마와 끙끙거리면서 탁자를 주방 구석에 밀어 넣었지. 엄마는 리모컨을 누르면서 다양한 영상들을 빠르게 훑어보더니 "오, 아" 하며 감탄했어. 나는 엄마에게 현이 오빠 팬이라면 꼭 봐야 할 직캠*도

---

* '직캠'은 아이돌의 무대를 팬이나 방송사에서 직접 카메라로 촬영한 영상을 말한다. 무대 전체가 아닌 특정 멤버를 집중해 촬영하는 것이 특징이다.

추천했지. 엄마는 나보고 어쩜 그렇게 현이 오빠 안무가 잘 나온 영상만 골라 주냐고 칭찬해 줬어.

내가 춤은 못 추지만, 영상 보는 눈은 탁월하니까. 그 순간, 혹시 내가 영상에 진심인 사람인가, 하는 생각이 스쳐 지나갔어. 영상을 볼 때마다 저 각도면 오빠 얼굴이 좀 더 잘 나올 텐데, 조명을 약하게 쓰면 어땠을까 같은 혼잣말들을 자주 했었거든. 그러면서 나도 언젠가 오빠의 뮤비를 찍을 수 있으면 좋겠다 싶었어. 그런 생각들은 그냥 오래전부터 해 왔던 것 같아.

엄마는 내가 추천한 영상을 보면서 잠옷을 입은 채로 몸을 움직였어. 그루브가 뭔지는 모르지만, 나도 어느덧 꿈질거리고 있더라고. 엄마가 나를 보고 웃으면서 옆으로 오라는 거야. 그러더니 이번 타이틀곡 후렴구 안무를 알려주기 시작했어.

"공쥬, 팔을 좀 더 앞으로 모으고 고개를 살짝 옆으로 돌려 봐."

"이렇게?"

"그거야. 잘한다. 그리고 다리를 천천히 엑스자로 교차하다가 옆으로 미끄러져 다시 앞으로 나와 두 손으로 어깨를 잡는 척하면서 멋지게 마무리. 혼자 해 볼래?"

"알겠어."

"그래도 현이 오빠 보는데 이 정도는 하고 가야지."

"그런가?"

나는 내 율동 같은 움직임에 쑥스러우면서도 엄마가 설명하는 가장 간단한 동작을 따라 해 봤어. 우리 엄마는 영어만 잘 가르쳐 주는 게 아니었다? 춤은 더 쉽게 잘 알려 줘. 그렇게 따라 추니까 운동이 되었는지 이마에 살짝 땀이 맺혔어. 베란다 문을 열고 시원한 바람이 들어오는 걸 느끼는 사이, 현관 벨소리가 들렸어. 소진 이모가 왔나 해서 내가 먼저 뛰어나갔지. 소진 이모는 어제보다 더 큰 쇼핑백 두 개를 끌듯이 들고 집 안으로 들어왔어.

"루리야, 거봐. 너 어제 진짜 이모 말 듣길 잘했지?"

엄마가 갑자기 끼어들었어.

"잘하기는. 김소진, 너는 릴스 제목이 그게 뭐냐? 뭘 말아? 밥 말아?"

"너는 요즘 유행을 그렇게 몰라. 암튼 여기 뭘 좋아할지 몰라서 다 가져왔어."

"참 많이도 챙겨 왔다."

"우리 대회 나갈 때 항상 그랬잖아. 옷 다 펼쳐 놓고 뭐 입고 갈지 고민하고."

"그랬지. 들어와서 뭐 좀 먹고 가."

"나도 정말 그러고 싶은데 시간이 없다."

"그놈의 입시."

엄마랑 소진 이모는 동시에 고개를 젓다가 크게 웃었어. 소진 이모는 거실이 울리도록 파이팅을 외치고 나갔지. 엄마는 쇼핑백에 든 옷가지와 신발, 반지랑 팔찌들을 꺼냈어. 엄마의 입에서 콧 노래가 흘러나왔어.

"공쥬, 공쥬는 현이 오빠가 어떤 옷 입었을 때가 가장 멋있었어?"

"나는 오빠가 정장 같은 옷 입었을 때도 멋있고, 뭔가 루즈하게 입을 때도 멋있는 것 같아. 이런 거?"

나는 엄마에게 내가 저장했던 현이 오빠의 평소 사진들을 보여줬어. 그러면서 한마디 덧붙였지.

"근데 너무 현이 오빠한테 맞추지 않아도 되는데."

"아니야, 엄마도 이런 스타일 좋아해. 현이 오빠가 나랑 비슷한 부분이 꽤 많다."

"엄마, 내가 혹시 부담 주는 거 아냐? 마음이 좀 그래."

나는 좋으면서도 한편으로는 우울한 기분이 들었어. 나 때문에 엄마가 괜히 애쓰고 있는 것 같아서 미안했지. 어제도 엄마가 나 몰래 진통제 먹는 거 같았거든.

"부담은, 공쥬가 엄마 다시 춤추게 해줬는데 오히려 고맙지. 다 공쥬가 도와줘서 이런 좋은 기회가 생겼잖아."

'고맙다'는 엄마의 그 한마디에 내 마음이 다시 요동치기 시작했어. 내가 엄마에게 고마운 사람이 된 건가? 나만 엄마에게 고맙다고 생각한 게 아니었나 봐.

엄마는 내게 옷과 액세서리를 같이 고르자고 했어. 나는 신나서 엄마에게 여러 가지를 추천했지.

엄마는 블랙 벌룬 팬츠에 그레이 티셔츠, 그리고 오버 사이즈 블랙 체크 셔츠를 입기로 했어. 신기한 건 내가 고른 바지보다 엄마가 어릴 때 입었던 바지가 훨씬 더 컸대. 옷도 크게 입고, 운동화도 크게 신고, 버킷햇을 푹 눌러써야 춤을 출 때 멋있어 보인다고 했어. 어릴 때 엄마가 그렇게 큰 옷을 입고 다녔다고 생각하니까, 왠지 귀여웠어. 현이 오빠도 옷 크게 입으면 귀엽거든.

엄마는 베이지색 버킷햇을 보더니 예전 생각이 난다면서 바로 쓰더라고. 그러면서 "오늘은 이걸로"라고 말했어. 나는 그때까지 엄마가 그렇게 액세서리를 좋아하는 사람인지 몰랐어. 귀걸이, 팔찌, 반지를 모두 검은색으로 맞추더니 거울을 보면서 너무 예쁘다고 소리 지르는 거야.

사실 엄마는 평소에 액세서리라고는 결혼반지 빼고는 아무것도 하지 않고 다녔거든. 나도 팔찌만 즐겨 차고 있어. 처음엔 현이 오빠 때문에 차기 시작했는데, 반지나 목걸이, 귀걸이보다 편해서 시계 찰 때 같이 차면 좋더라고. 엄마랑 커플 팔찌 같은 거 하면 어떨까, 하는 생각이 갑자기 들었어. 8일은 어버이날이면서 내 생일이니까, 그리고 이런 꿈같은 일이 벌어졌으니까, 기념으로 하면 좋겠다고 혼자서 생각했지. 내가 생각해도 좋은 아이디어라스스로 기특해하고 있는데 엄마가 가방 한쪽에 있던 매니큐어와 화장도구들이 담긴 봉투를 꺼내 들었어.

"근데 엄마, 왜 매니큐어랑 아이섀도가 검은색밖에 없어?"

"그게, 엄마랑 소진 이모의 징크스 같은 거야."

"징크스?"

"응, 검정 매니큐어를 세 손가락에 바르고, 검은색 스모키 화장을 하고 무대에 오르면 최고의 무대가 된다."

"엄마 미신 같은 거 안 믿잖아."

"안 믿지. 그냥 그렇게 하고 가면 자신감이 생기거든. 공쥬는 그런 거 없어? 이상하게 그것만 하고 나가면 자신감이 뿜뿜 생기는 거?"

"나? 있기는 해."

"뭔데?"

"앞머리를 고데기로 잘 펴고 얼굴에 피치 코랄 블러셔를 바르면?"

나는 가지런히 잘린 내 앞머리를 만지작거리면서 대답했어.

"귀여워. 그럼, 공쥬가 입을 옷도 고르자. 소진 이모 옷 중에 마음에 드는 거 있나 한번 골라 봐."

엄마는 갑자기 나를 끌어당겼어. 현이 오빠 보러 가니까 완전 예쁘게 하고 가야 한다나 뭐라나. 좋아하는 남자를 만나러 갈 때는 평소보다 억만 배 더 멋진 모습으로 나가야 하는 거라고. 내가 현이 오빠를 만나는데 엄마가 너 과몰입하는 것 같았어. 엄마는 엄마 옷을 고를 때보다 내 옷을 고를 때 더 흥이 난 표정이었지.

소진 이모의 옷 중에 작은 고양이 얼굴이 그려진 흰색 티셔츠가 있었는데 입어 보니까 잘 맞는 거야. 전에 사 놓은 카고바지에 입으면 좋겠다며 엄마도 추천했어. 엄마가 옷을 갈아입은 내 모습을 보더니 심히 만족스러운 표정으로 엄지를 들어 올렸지. 괜히 어릴 때 엄마랑 옷 샀던 기억도 나고 그랬어. 엄마랑 옷을 같이 사러 간 게 언제였더라. 중학교 올라와서는 그냥 내가 알아서 인쇼*하고 그랬으니까.

엄마는 배고프다면서 전에 직접 만들어 놓은 초코칩 쿠키를 가지고 오더니 한입 먹으라고 했어. 나도 같이 먹었지. 아, 우리 엄마는 베이킹도 잘하거든. 엄마는 눈코 뜰 새 없이 바쁠 때도 쿠키는 언제나 만들어 두곤 해. 진짜 맛있으니까, 나중에 기회가 되면 함께 먹자! 엄마가 쿠키를 우물거리다 나를 바라봤어.

"공쥬, 너도 매니큐어 바를래?"

"검은색은 부담되는데."

"그럼, 손가락 하나만 발라 봐."

"그건 괜찮겠다."

"좋았어."

엄마는 쿠키를 입에 문 채로 장난스러운 표정을 짓더니 내 왼쪽 새끼손가락을 잡아 매니큐어를 촥 하고 발라줬어. 엄마 말대로 하나만 바르는 건 그렇게 부담스럽지는 않더라고. 엄마도 슥슥 매니큐어를 바르더니 호호 불었어.

"엄마, 되게 잘 바르네?"

"그럼, 맨날 이것만 발랐는데."

"앞으로는 자주 해."

* '인쇼'는 인터넷 쇼핑(Internet Shopping)의 줄임말이다.

"어?"

"앞으로는 자주 바르라고. 내 손톱에도 이렇게 발라 주고."

"어, 알았어."

엄마는 내심 당황한 눈치였고 말을 잇지 못했어. 이미 눈에 눈물이 맺혔으면서 울지 않으려고 꾹 참고 있었지. 나는 다 봤는데. 이따가 영상을 찍을 텐데 두꺼비눈을 하고 갈 수는 없잖아. 엄마가 펑펑 울까 봐 화제를 바꿨어.

"근데 현이 오빠를 만나면 뭐라고 말하지?"

엄마는 이내 마음을 가다듬고 말했어.

"네가 평소에 하고 싶었던 말이 있었을 거 아니야."

"막상 만난다고 하니까 무슨 말을 해야 할지 모르겠어."

"그냥, 네가 생각나는 단어들을 질러 버려."

"엄마, 그게 뭐야."

"말이 그렇다는 거지. 공쥬의 진심을 전해 봐."

진심이라, 근데 늘 상상만 해서 그런지 오빠를 만나기 직전까지도 어떤 말을 해야 할지 고민이 되더라고. 내 진심을 내가 모르겠으니 엄청 답답했지.

어느 정도 준비를 다 끝내니까, 오후 4시쯤이 되었던 것 같아. 엄마랑 샤워를 마치고 늦은 점심 겸 이른 저녁도 먹었어. 배달된 에그마요 샌드위치가 어찌나 맛있던지 봐서 다음에 한 번 더 먹어야겠다고 생각했어. 영상팀에서 엄마한테 말하기를, 적어도 30분

전에는 회사로 먼저 와 달라고 했대. 우리 집에서 오빠네 회사까지 택시 타고 가면 한 시간 정도 걸리니까 6시 반 정도에는 출발하자고 했어. 아마 화장하고 준비하다 보면 시간이 잘 맞겠다 싶었지.

마침, 나는 좋은 생각이 떠올라 곧장 내 방으로 뛰어 들어갔어. 다른 애들처럼 화장에 진심인 건 아니지만, 전에 블러셔를 새로 사면서 마스크팩 두 개를 사은품으로 받았었거든. 현이 오빠가 라방*할 때, 어떤 팬이 스킨케어 루틴이 뭐냐고 질문했는데 화장 전후로 마스크팩을 하면 좋다고 했던 말이 생각났어. 그래서 엄마랑 같이 한번 해볼까 싶었지.

그러고 보니까 현이 오빠나 다른 에이톱스 오빠들에게 은근 영향받고 있는 게 많네. 오빠들이 뭐가 좋다고 하면 새롭게 하게 되는 것들이 꽤 많아. 오빠들이 요리한다고 하면 나도 하고, 책 읽는다고 하면 나도 읽고, 어린이들에게 기부하려고 조깅한다고 하면 같이 뛰고, 청소하는 걸 보면 나도 내 방 정리를 하게 되고, 매일 꾸준히 영어 공부를 한다고 하면 나도 열심히 영어를 공부하게 되고. 우리 오빠들, 역시 멋있어.

아무튼 내가 엄마에게 마스크팩을 내밀었어. 근데 엄마가 갑자기 혀 짧은 소리로 팩을 붙여 달라는 거야.

"공쥬가 직접 붙여 쥬세용."

우리 엄마니까 내가 해 줄 수밖에. 내가 또 손재주는 좋거든. 팩을 꺼내서 얼굴에 딱 맞게 붙여 줬지. 물론 내 건 직접 붙이고. 얼굴에 열이 내려가는 것 같았어. 엄마가 오빠들 노래 좀 틀어 보라고 하더라고.

"어떤 거?"

"그냥 공쥬가 자주 듣는 에이톱스 노래들?"

"알았어."

엄마가 리듬을 타면서 노래를 듣다가 갑자기 휴 하고 한숨을 쉬는 거야.

"엄마, 왜 그래?"

나는 엄마가 걱정할 때마다 한숨을 쉬니까 신경이 많이 쓰였어.

"노래 안 들은 지 너무 오래됐다."

"내가 음원사이트에서 정액권 끊어 줄게. 이제부터 들어."

"그럴까?"

"아빠가 하늘나라에 가고 나서 엄만 아예 노래 안 들었잖아."

"그렇긴 하지."

엄마랑 아빠는 평소에 음악 듣는 걸 무척 좋아했거든. 생각해 보면 아빠가 살아 있을 땐 청소할 때나 집 정리 할 때나 어디 놀러 갈 때, 어디선가 항상 음악이 흘러나왔던 것 같아. 엄마와 나는 한 10분 넘게 아무 말 없이 팩 붙이고 오빠들 노래를 들으면서 그렇게 있었어. 항상 혼자서만 블루투스를 연결해 놓고 들었었는데, 내가 좋아하는 노래들을 엄마랑 같이 들으니까 더 좋더라. 서로 아무 말도 하지 않았지만, 전혀 외롭게 느껴지지 않았어.

엄마는 내가 팩을 직접 붙여 줘서 얼굴이 훨씬 예뻐졌다고 말해 줬어. 엄마가 화장하기 시작했어. 평소 화장을 거의 안 하던 엄마여서 정말 다른 사람 같았지. 엄마는 집중하면 입을 꽉 다무는데, 그렇게 입술을 앙다문 채로 화장을 했어. 나도 옆에서 엄마처럼 열심히 화장을 해 봤어. 현이 오빠를 만나는데, 뭐라도 바르고 가야겠다 싶었거든. 근데 갑자기 엄마가 박장대소를 하는 거야. 내 표정이 너무 웃기다고. 나는 그냥 화장에 집중하느라 눈을 게슴츠레 뜬 것뿐이었다니까.

"공쥬, 예쁘긴 한데 눈이 좀 아쉽다. 블러셔 좀 줘 봐."

엄마는 내 얼굴을 살짝 감싸고는 손으로 블러셔를 슥슥 문지르더니 내 눈두덩이 위에 천천히 샥샥 발라 줬어. 눈화장을 어떻게 해야 할지도 몰랐고, 좀 어렵기도 해서 그동안 못 했었거든. 엄마는 오른쪽 눈은 나보고 해 보라는 거야. 나는 엄마의 아바타처럼 블러셔를 슥슥 문질러서 조심스럽게 눈가를 따라 천천히 펴 발랐어. 처음 한 것 치고는 거울 속 내 모습이 아주 괜찮게 보였지.

"공쥬, 봐서 우리 내일 쇼핑 좀 할래? 옷이랑 화장품도 좀 사고."

나는 엄마의 제안에 당황스러웠어.

"그게, 내일 오빠들 팝업 예약해 놔서……."

"그래? 그럼, 엄마도 같이 가지 뭐."

"엄마는 현장 예약으로 들어가야 해서 기다려야 할 수도 있어."

"나 기다리는 거 잘해. 같이 갔다가 오는 길에 쇼핑하자!"

정말 당황스러우면서도 기분이 좋은 건 왜일까. 항상 솔플로 오빠들 보러 다니느라 외로웠거든. 동행을 구하기도 힘들었고. 근데 다른 사람도 아니고 엄마가 나랑 같이 팝업에 가 준다니까 기뻤어.

"알았어. 대신 럭드*해서 현이 오빠 포카 나오면 꼭 나 줘야 해."

"당연한 말씀을."

어느덧 우리 엄마의 눈이 '걔'의 언니와는 비교도 되지 않을 만큼 더 멋진 스모키 메이크업으로 변해 있었어! 처음엔 엄마도 진짜 웃기게 화장했는데, 연습하다 보니까 점점 나아졌다고 해. 화장은 하면 할수록 느는 거래. 나도 지금부터 열심히 연습하다 보면 언젠가 '걔'의 언니보다 멋진 메이크업을 할 날이 오겠지?

나는 엄마에게 내가 가지고 있던 고데기 하나를 전달했어. 엄마의 타고난 생머리를 더 쫙쫙 폈으면 했거든. 어제 릴스 찍을 때 보니까, 엄마 생머리가 영상에서 빛을 발하는 게 아니겠어? 엄마는 "오케이"라는 말과 함께 열심히 머리를 폈어. 엄마가 머리를 정리하더니 갑자기 나를 의자에 앉히더라고.

"엄마 왜?"

"우리 딸 머리 땋아 주려고요."

"땋는다고? 너무 초딩 같지 않을까?"

* '럭드'는 럭키 드로우(Lucky Draw)의 약자로, 팝업 스토어에서 굿즈나 앨범을 구매하면 뽑기를 통해 포토카드나 한정 굿즈를 증정하는 현장 이벤트이다.

"왜? 나는 공쥬 양 갈래 머리 했을 때가 제일 예쁘던데?"

난 말없이 그냥 가만히 있었어. 옛날 생각이 나서. 엄마가 어렸을 때 자주 해 주던 머리였거든. 엄마는 내 머리를 양 갈래로 단단히 쭉 땋아 주고는 물개박수를 쳤어. 내 딸이 제일 예쁘고 귀엽다고. 고슴도치도 자기 자식은 예쁜 법이란 말도 있잖아. 그냥 하는 말이겠지만 엄마한테 예쁘다는 소리를 정말 오랜만에 듣다 보니까 기뻤어. 아니, 이대로 시간이 멈췄으면 좋겠다 싶을 만큼 엄마랑 그런 시간을 보내는 것이 즐거웠어. 그동안 우리가 얼마나 여유 없이 살아왔나 싶더라고. 나는 학교 가고 엄마는 일하고. 어쩌다 대화할 시간이 생겨도 진심을 제대로 털어놓기가 왜 그리 어려웠는지.

엄마가 택시를 부르더니 나가기 전에 현관 앞에서 나한테 사진을 한 장 찍자는 거야. 나도 모르게 브이를 올렸는데 엄마가 또 다른 포즈를 해 보라고 해서 연사로 마구 찍다가 하마터면 택시를 놓칠 뻔했어. 택시 기사님으로부터 온 전화가 계속 울려서 진짜 급하게 뛰어나갔다니까. 원래 난 내 얼굴이 잘 보이도록 찍는 사진을 별로 안 좋아하는데 아랑곳하지 않는 엄마 덕분에 참 많이도 찍었어.

* ♪ *

택시에 올라타자 갑자기 심장이 터질 것처럼 뛰기 시작했어.

이제 정말 현이 오빠를 직접 보게 되는 거잖아. 나는 긴장하면 손이 얼음처럼 차가워져. 그걸 아는 엄마가 내 손을 잡더니 따뜻해지라고 문질러 줬어. 엄마는 나랑 달라. 손이 완전 따뜻하거든. 엄마의 온기 때문에 금방 손이 따뜻해져서 다행이었어.

엄마는 내 손을 잡은 채로 창밖을 보고 있었어. 스쳐 지나가는 길목마다 나무들이 전부 초록색으로 변해 있어서 눈이 부실 정도였어. 엄마는 아무 말 없이 그냥 차창에 반사되는 풍경들을 눈으로 담고 있는 것 같았지. 나는 엄마의 어깨에 기댔어. 엄마의 비누 향기를 맡고 있으면 안정이 되니까. 물론 내 화장이 엄마의 옷에 묻지 않도록 매우 주의해서 말이야.

택시가 오빠들 회사 근처에서 멈춰 섰어. 오빠들 회사가 골목 안쪽에 있기 때문에 걸어서 들어가야 하거든. 엄마랑 나란히 손 잡고 걸어가는데 회사 앞에 있던 어떤 언니가 우리 쪽으로 달려와서 반갑게 인사를 건넸어. 커다랗고 둥근 안경을 쓰고 있던 언니는 영상팀 직원이라고 했어. 우리를 회사로 안내해 줬지. 그때부터 내 심장은 점점 더 빨리 뛰기 시작했어. 어떻게 해서든지 진정해야 하는데, 도저히 진정할 수 없는 상황이었어.

회사 안으로 들어가자 오빠들 자컨에 자주 나왔던 사무실도 보이고, 연습실 같은 곳도 보였어. 영상팀 언니는 우리를 연습실로 안내하면서 오늘 촬영할 일정에 관해 엄마에게 설명해 주었어. 나는 당장이라도 튀어나올 것 같은 심장에 손을 올린 채 주변을

둘러보고 있었지.

오빠들이 땀 흘리면서 연습하던 곳에 내가 와 있다니. 살짝 내 볼을 꼬집어 보기도 했어. 아픈 걸 보니 현실이구나 했지. 나는 거울에 비친 내 모습을 보고 옷매무새를 가다듬었어. 엄마랑 함께 예쁘게 꾸미고 오빠들의 연습실에 서 있는 내가 왜 그리 어색하게 느껴졌는지. 나는 뭔가를 너무 하고 싶었어도 막상 하고 있으면 엄청 어색함을 느끼는 편이야. 그게 내 성격이니까 어쩔 수 없지만 기쁜 상황을 제대로 즐기지 못하는 내 모습이 답답할 때도 있어.

엄마는 영상팀 언니에게 시험 삼아서 몇 번 연습 영상을 찍어 보고 싶다고 말하고는 스트레칭을 시작했어. 나는 정말 용기를 내서 영상팀 언니에게 다가갔어. 내 마음을 알았는지 영상팀 언니는 엄마의 모습을 함께 보지 않겠냐고 먼저 말을 걸어 줬지. 어찌나 고마웠던지. 이후로 난 영상팀 언니 옆에 붙어 있었어.

엄마는 연습실 바닥에서 발이 미끄러지듯 움직이기 시작했어. 드디어 엄마의 춤이 시작됐고 나는 옆에서 영상팀 직원들의 탄성을 가만히 듣고 있었어.

그때였어. 연습 영상을 찍고 있는데 누군가가 씩씩하게 인사하면서 얼굴을 내밀었어. 내 심장은 그날, 뛸 수 있는 모든 심박수를 다 초과했을 거야. 현이 오빠였어.

Track List 5.

약속

모두 다 정해진 운명이야.
내가 약속했잖아. 널 행복하게 해 줄 거라고.

나는 하마터면 연습실이 떠나가라 소리를 지를 뻔했어. 믿을 수 있니? 내 눈앞에 바로 현이 오빠가 나타났다니까. 그날 오빠는 블랙 볼캡을 뒤로 쓰고는 오버 사이즈 흰색 셔츠에 회색 와이드 팬츠를 입고 나타났어. 콘서트 무대도 아닌데 오빠 뒤에서 누군가 강렬한 조명을 마구 쏘기라도 하는 것처럼 너무나 눈이 부셨어. 진짜 내 앞에 현이 오빠가 있다니, 난 죽을 때까지 그때의 현이 오빠 모습을 잊지 못할 거야.

현이 오빠가 원래 자컨에서는 장난도 잘 치고 그러거든? 근데 그때는 뭔가 다른 사람 같았다? 물론 예의 바르고 멋있지만, 어딘가 프로의 향기가 났다고 해야 할까. 내가 매일 영상을 통해 본 사람이 맞나 싶을 정도로 약간 무거운 면도 느껴졌어. 엄마는 현이 오빠와 가볍게 인사를 나누더니 곧바로 나를 불렀지. 나는 심장이 뛰어서 도저히 현이 오빠와 눈을 못 마주치겠는 거야. 엄마는 그런 나를 억지로 현이 오빠 쪽으로 끌고 왔어. 그러자 현이 오빠가 웃으며 먼저 인사했지.

"안녕!"

"안녕하세요."

"이름이?"

"저는 이루리인데요."

"아, 루리구나. 루리는 최애가 누구야?"

예상하지 못했던 오빠의 질문에 잠시 머뭇거렸지만 내 최애는 오래전부터 정해져 있었잖아.

"현이 오빠요."

"응, 알아. 아는데 한 번 더 확인했지."

현이 오빠가 말간 고양이처럼 환하게 웃었어. 오빠 별명이 '야옹이'거든. 뽀얀 아기 고양이같이 생겨서 붙은 별명이야. 오빠는 허리를 숙여 나와 눈을 맞춰 주었는데, 정말 심장이 튀어나온다는 게 이런 거구나 싶었어.

"이번 앨범 어때?"

"완전 좋아요!"

"어떤 곡이 제일 좋아?"

"저는 〈Success〉 자주 들어요."

"왜?"

"오빠 랩이 좋으니까요. 듣고 있으면 힘이 나서."

생각나는 대로 말하고는 있는데 내가 무슨 말을 내뱉고 있는 건지 나조차도 잘 모르겠더라.

"나도 그 곡 제일 좋아해. 잠깐만."

영상팀 언니가 오빠랑 엄마를 함께 불렀어. 둘은 준비된 카메라 앞에 나란히 섰지. 바닥에는 테이프가 일자로 표시되어 있었는데 그곳을 기준으로 영상을 찍겠구나, 했어. 나는 영상팀 언니와 함께 뒤로 빠졌지. 현이 오빠가 바로 영상을 찍어 보자고 말한 순간, 나는 그 모습을 하나도 빠짐없이 눈에 담고 싶어 온 정신을 집중했어. 엄마가 그랬잖아? 나는 지금 엄마의 매니저 역할로 이곳에 왔으니까 내가 해야 할 일을 제대로 해내야 하는 거야.

연습실은 순식간에 음악 소리로 채워졌어. 그런데 뭐랄까, 음악은 흘러나오는데 고요함이 느껴졌달까. 엄마는 마치 한 마리의 나비 같았어. 꽃 주위에서 얇은 날개를 펄럭이면서 날아다니는 예쁜 나비. 음악이 끝나고 영상을 확인한 현이 오빠가 웃기 시작했어. 나랑 엄마는 영문도 모른 채 현이 오빠를 바라봤지.

"오늘 너무 신나는데요. 저, 몇 번 더 해 봐도 될까요?"

"네, 원하시는 대로."

엄마가 얼떨결에 괜찮다고 하자, 오빠가 앞뒤로 동선을 설명하면서 혹시 마지막 동작을 살짝 바꿔도 되겠냐고 물어봤어. 엄마가 내 곁으로 와서 속삭였어.

"공쥬, 현이 오빠 원래 저렇게 열심이야?"

"응, 완전 열정맨. 지독한 연습벌레로 유명해."

"그렇구나."

"그건 엄마도 그런데 뭐."

"저 정도는 아니지. 공쥬가 보기에 어때? 모니터에 영상이 나오잖아. 나는 아직 감이 잘 안 잡혀."

"좀 아쉬운 게 있긴 해."

"뭔데?"

"지금은 엄마한테 어제 프리스타일 했을 때처럼 팍하고 오는 느낌이 없어."

"맞아, 나 지금 너무 긴장했어."

"엄마도 긴장이라는 걸 하는구나."

"당연하지. 지금 내가 뭐 하는 건가 싶기도 하고."

엄마의 눈을 보니까 동공 지진이 일어나고 있었어. 내겐 언제나 천하무적이었던 엄마가 현이 오빠 앞에서 떨고 있다니. 난 엄마의 딸이니까, 우리 엄마가 힘을 낼 수 있도록 용기를 불어넣어 주어야 하지 않겠어?

"엄마, 정신 차려. 아빠한테 1등 뺏겼을 때를 벌써 잊은 건 아니겠지?"

"와, 진짜 짜증."

"그 마음으로 가서 추고 와."

"공쥬, 너 꽤 독한 면이 있다?"

"난 엄마의 매니저니까."

"알겠습니다! 가서 잘하고 오겠습니다."

엄마는 크게 한 번 숨을 들이마셨어. 그건 평소에 내쉬던 낙담의 한숨이 아니었어. 숨을 들이마셨다니까! 그런 건 처음 봤어. 엄마 얼굴에 자신감이 쑥하고 스며들었지. 역시, 아빠 얘기를 잘한 것 같지? 음악이 시작되자 나도 모르게 두 손을 꼭 모았어. 속으로 '어제만큼만 하면 돼. 엄마, 할 수 있어' 하고 계속 응원하고 있었어. 그러다 나도 모르게 큰 소리로 외쳤지.

"엄마! 힘내!"

극I인 내 입에서 그런 소리가 나왔다니. 내 응원을 들은 엄마는 정말 최고의 댄서처럼 완급 조절을 살려 멋지게 춤추고 있었지. 현이 오빠를 처음 만난 것 못지않게 그때의 엄마 모습도 죽을 때까지 잊지 못할 거야.

나는 엄마가 그냥 엄마인 줄 알았거든. 태어날 때부터 내 엄마. 근데 엄마에게도 소진 이모와 춤을 추고 민이 아저씨란 사람을 좋아하고 아빠와 아웅다웅하던 그때가 있었어. 지금 내가 에이톱스 오빠들을 좋아하는 마음과 그 마음 때문에 '걔'를 보며 속상해하고 오랜 친구인 민준이와 일상을 살며 꿈에 대해 고민하는 것처럼. 그제야 엄마에게도 지금의 나와 같은 시간이 있었다는 걸 깨달았지.

모든 촬영이 끝나자, 현이 오빠가 엄마를 향해 엄지를 척 하고 올려 줬어. 이건 현이 오빠가 기쁜 일이 있을 때마다 하는 행동이 거든. 엄마의 얼굴에도 현이 오빠의 얼굴에도 어느새 땀방울이 가득 맺혀 있었어. 둘은 거의 비슷한 지점에서 크게 웃어 댔지. 뭔 지는 모르겠지만 표정만 봐도 즐거운 게 느껴졌달까? 그 표정들 을 보고 있으니까 나도 같이 미소 짓게 되는 거야. 행복은 전염성 이 강하다잖아. 우리는 각자의 행복을 느끼고 있었던 것 같아.

그런데 그때였어. 어떤 아저씨가 뒤에서 박수를 치면서 크게 휘파람을 불어 주는 거야. 버킷햇을 잠깐 벗고 머리를 정리하던 엄마는 그 아저씨를 보더니 갑자기 소리를 질렀어.

"민이 오빠?"

그 민이 아저씨? 나는 얼떨떨한 얼굴로 엄마 곁으로 달려가 코 알라처럼 매달렸어. 민이 아저씨는 분명히 단발머리라고 했는데, 머리도 엄청 짧았고, 춤추는 아저씨라기보다는 기획사 사장님 같 은 분위기가 느껴져서 낯설었어.

"릴스 보니까 채새연이 같더라."

"진짜, 오빠 있었으면 안 왔어."

"왜 쪽팔리냐?"

"아니거든? 갑자기 연락 다 끊고 그렇게 혼자 미국 가면 좋아? 20년 전이나 지금이나 뻔뻔한 건 똑같네."

"뻔뻔하긴. 그냥 춤 배우러 가느라 연락 못 한 거지."

엄마는 고개를 젓더니 민이 아저씨 어깨를 주먹으로 한 대 쳤어. 민이 아저씨는 아프다고 엄살을 피우면서 우선은 나중에 자세한 얘기를 하자고 했지.

그리고 내겐 다시 숨이 멎을 것만 같은 시간이 찾아왔어. 현이 오빠가 나한테 성큼성큼 걸어와서는 앨범에 사인을 해 주는 거야. 현이 오빠만의 고양이 걸음, 폴짝폴짝 뛰는 듯한 그 특유의 발걸음이 있거든.

현이 오빠 실물이 어땠냐고? 화면으로 보는 거랑 똑같이 잘생겼지. 물론 화면이 모든 것을 담아 내진 못하지만. 현이 오빠는 폴라로이드 사진기를 들더니 셀카도 몇 장 찍어 주고, 나랑도 같이 찍자고 했어. 진짜, 그 잠깐의 시간이 아직도 내 머릿속을 휘젓고 다녀. 몇 초밖에 안 되는 순간인데 시간이 그대로 멈춰서 나도 모르게 계속 그 시간을 무한 반복하는 느낌이었어.

현이 오빠가 내게 또 질문을 하더라고. 오빠는 궁금한 게 많은가 봐.

"루리는 왜 에이톱스를 좋아해?"

좋아하는 이유를 설명하는 건 역시 세상에서 제일 어려운 일인 것 같아. 나는 그냥 어쩔 수 없이 그동안의 생각을 말해야겠다고 결심했어.

"오빠들 노래를 들으면 어딘가에 있는 제 꿈을 찾을 수 있을 것만 같아서요."

현이 오빠는 활짝 웃더니 내 머리를 쓰다듬으며 말했어.

"그럼 나도 더 열심히 해야겠네. 루리가 갖고 있는 꿈이 우리 노래를 통해 꼭 이뤄졌으면 좋겠다."

그날 집에 돌아와서 머리 안 감겠다고 했다가 엄마랑 살짝 싸운 건 안 비밀. 현이 오빠는 민이 아저씨와 엄마, 그리고 나를 향해 마지막 인사를 건네더니 매니저 오빠들과 함께 연습실을 나갔어. 나는 붙잡고 싶었지만, 꾹 참고 의젓하게 현이 오빠를 보내 줬지. 엄마는 현이 오빠를 미소로 배웅하고 민이 아저씨에게 짜증을 확 냈어.

"진짜 오빠 있었으면 안 왔다고, 뭔 잔소리를 들으려고."

"잔소리는 무슨. 잘만 하는데. 너 춤은 계속 안 쳤지? 벼락치기한 티 확 나긴 한다."

"거봐, 또 연습 안 했다고 구박하려고."

"연습밖에 없지. 코어 힘을 조금만 더 길러. 너 허리 아프니까 재활 열심히 해야 최대치로 뽑아내."

"사십 넘은 지금도 계속 운동하고 있거든요? 근데 오빠가 왜 여기에 있는 거야?"

"미국에 있는 친구한테 부탁받아서 이번 에이톱스 타이틀곡 안무 디렉팅하러 왔지. 다음 주에 다시 출국해."

"어쩐지."

나는 정말 내가 왜 그랬는지 모르겠는데 다음 주 출국이라는 말 때문이었을까, 갑자기 그런 말이 나와 버렸어.

"민이 아저씨, 결혼하셨어요?"

느닷없는 내 질문에 엄마와 민이 아저씨가 놀라 서로 쳐다봤고, 아저씨는 우물쭈물 대답했어.

"어? 어쩌다 보니 아직……."

"그럼 여자 친구 있으세요?"

엄마는 두 눈이 튀어나올 듯한 표정으로 내 입을 틀어막았어. 민이 아저씨는 "전혀"라고 말했어. 여자친구도 아내도 없이 외롭게 살 운명인가 싶어 속상하다면서. 그런 TMI는 굳이 말하지 않으셔도 되는데. 민이 아저씨는 엄청 멋진 척을 하면서 엄마에게 아저씨 명함을 주고는 손을 흔들며 먼저 나간다고 했어. 내가 고개를 빼꼼히 내밀고 보니 아저씨 이름이 보이더라고. 아저씨도 현이 오빠처럼 외자구나. 최민. 나는 엄마에게 "민이 아저씨 약간 자뻑?"하고 물었더니 엄마가 고개를 팍팍 끄덕였어.

엄마는 자기가 뭔데 연락을 하라 마라아, 어이없어하면서 주머니에 명함을 확 집어넣었지. 물론 민이 아저씨는 이미 엄마의 연락처를 알고 있었던 듯해. 집에 가는 길에 엄마에게 먼저 메시지를 보냈으니 말이야.

그날 나는 민이 아저씨를 처음 봤지만, 아빠랑은 또 다른 매력이 있더라고. 아빠는 평소 차분한 편이었는데 민이 아저씨는 엄마한테 먼저 장난도 칠 줄 아는 활발한 스타일 같았거든. 그래서 엄마가 아빠랑 민이 아저씨, 둘 다 좋다고 한 걸까?

* ♪ *

나는 영상팀 언니가 챙겨 준 선물 봉투를 들고 엄마와 택시를 탔어. 봉투 안엔 오빠들 사인이 담긴 CD들, 지난번 팝업 때 갖고 싶었던 공식 굿즈들(인형들이랑 문구 세트), 답례로 받은 구움 과자, 아까 찍었던 오빠와의 폴라로이드 사진과 거기에 시원하게 적힌 오빠의 사인이 있었지.

그래, 드디어 내가 처음으로 현이 오빠의 싸폴을 받게 되었다는 거 아니겠어! 하지만 난 '걔'랑은 다르거든. 이런 걸로 막 자랑하려고 SNS에 올리거나 하지는 않을 거야. 찐팬은 찐팬의 마음을 알아. 모든 걸 떠벌리는 '걔' 같은 팬이 있는가 하면, 나처럼 조용히 오빠들을 응원하는 팬들도 있으니까. 내가 자랑하면 또 상처받는 팬들이 생길 수도 있잖아. 그런 짓은 하고 싶지 않아. 게다가 오빠와의 소중한 추억을 나만 간직하는 게 '걔'에게 할 수 있는 가장 큰 복수라고 생각했어. 나는 집에 가자마자 오빠의 싸폴을 액자에 넣어 책상에 진열해 놓겠다고 다짐했지.

택시에 탄 엄마는 민이 아저씨의 메시지를 확인하고는 경악했어. 번호는 어떻게 알고 문자를 보내냐면서 어이없다는 거야. 나는 "영상팀 언니에게 물어봤을 수도 있지 않을까?" 하고는 민이 아저씨가 엄마를 좋아하는 게 분명하다고 확신했지. 엄마는 고개를 격하게 저었어.

"뭐? 그 오빠, 이상형 나랑 완전 달라."

"엥?"

엄마는 택시 기사님이 들을까 봐 조용히 내 귀에 속삭였어.

"민이 오빠, 완전 청순하고 다정한 여자 좋아한다니까?"

나는 알겠다는 듯이 고개를 끄덕였어. 엄마는 극 E의 성향과는 달리 얼굴이 청순한 편이고 주위 사람들 생일까지도 챙기는 세심한 면이 있거든. 아저씨가 엄마를 좋아하는 게 분명했어.

"엄마도 민이 아저씨 좋아한다며."

"그거 다 옛날얘기야."

엄마는 왜 자신의 얼굴이 발갛게 물든 걸 눈치채지 못하는 걸까.

"아까 민이 아저씨가 그랬잖아. 다음 주에 미국 간다고."

"가든 말든 나랑 뭔 상관?"

"가기 전에 같이 밥이라노 먹어."

"와, 이루리."

"왜?"

"너, 유튜브로 무슨 채널 보는 거야? 나보다 더 어른 같다."

엄마가 실눈을 떴지만, 난 별로 신경 쓰지 않았어. 내가 속마음을 자주 드러내진 못해도, 할 말이 있을 때는 오히려 엄마보다 남

눈치 안 보고 내뱉는 편이거든.

"나는 민이 아저씨 재밌는 사람 같아."

"오빠가 웃기긴 하지."

"그건 아빠랑 비슷하네. 엄마, 재밌는 남자 좋아해?"

"공쥬, 되게 직설적인 질문이네요."

"나도 그래. 현이 오빠, 은근 킹받게 하는 영상 많아. 그거 보고 웃다 보면 스트레스 날아가서 좋더라고."

"어머? 공쥬도 재밌는 남자 좋아해? 그건 엄마랑 비슷하네. 그러고 보니 우리 서로의 이상형에 대해 깊은 이야기를 해 본 적이 없는 것 같아."

"그렇지. 아무래도 살다 보면 각자 바쁘니까."

"공쥬, 너 진짜 내 베프 같다!"

"그런가?"

엄마가 내 손을 꽉 잡더니 크게 웃었어. 나도 진심으로 우리 엄마가 내 베프가 되었으면 좋겠다고 생각했어. 엄마는 집에 가기 전에 마트에 들르는 건 어떠냐고 물었고 나도 좋다고 했지. 바쁜 일상의 연속이라 새벽 배송으로 물건들을 주문하니까 엄마와 오붓하게 장 보러 갈 일도 별로 없었던 것 같아. 엄마는 맛있는 음식을 사서 파티를 하자고 했지. 내가 현이 오빠 만난 기념으로. 나는 "아니!"라고 했어. 엄마가 다시 춤을 추게 된 것도 함께 기념해야 하니까. 민이 아저씨를 다시 만난 기념도 포함하고. 엄마가 마지막 지점에서 '웩' 하는 표정을 지었어. 엄마도 민이 아저씨를 좋아하는 게 확실한 것 같아. 엄마는 뭔가 자기가 좋아하는 게 있으면 더 그런 표정을 지으면서 아니라고 잡아떼는 면이 있거든.

마트에서 내가 좋아하는 과일이랑 과자랑 새우튀김이랑 소고기를 잔뜩 사서는 금방 집에 도착했어. 엄마가 저녁 준비를 하는 동안, 나는 베란다 창문을 활짝 열어 밤하늘을 올려다봤지. 달은 구름 뒤에 수줍게 숨어 있었고, 별들은 그렇게 빛날 수가 없었어. 저녁을 준비하던 엄마가 내 옆으로 왔어.

"와, 올해는 아카시아 향기가 진동을 한다."

"이 냄새가 아카시아 향기야?"

"어때? 달콤하지?"

"응, 솜사탕 냄새 난다."

"오랜만에 공기도 좋아서 별도 잘 보이네."

"엄마, 그거 알아? 별들도 죽는대."

엄마는 죽는다는 말에 놀라서 나를 쳐다봤어.

"공쥬, 별들이 불쌍해?"

"응, 죽으면 더 이상 서로를 못 보잖아. 어디에 있는지도 모르고."

"아마 별들에겐 기억을 담는 상자가 있어서 그 상자에 서로를 기억하는 마음을 담지 않을까?"

"기억 상자? 엄마에게도 그런 게 있어?"

"당근이지. 아빠는 엄마 기억 상자에 그대로 있어. 1등을 뺏고

약 올리던 모습, 군대 간다고 못 마시던 술 잔뜩 먹고 갑자기 찾아와서 고백하던 모습, 루리 태어났을 때 내 옆에서 더 질질 짜던 모습."

"윽, 그건 좀 별론데. 엄마가 낳았는데 아빠가 더 울 일이 뭐래?"

"그치? 너무 울어서 옆에 있던 간호사님이 한참 동안 달래 주던 거 생각하면 진짜, 창피해서."

솔직히 그때 핑 하고 눈물이 돌았는데 엉엉 우는 아빠의 모습을 떠올리자 풋 하고 웃음이 나왔어.

"알았어. 앞으로는 나도 소중한 사람들과의 추억을 담을 상자를 만들어 볼게."

"그럼, 새우튀김 먹으러 가 보실까요?"

"엄마, 에프에 잘 돌렸지?"

"당연하죠. 가시죠, 공쥬님!"

* ♪ *

저녁을 배불리 먹자마자 난 내 방 책상에 앉았어. 물론 현이 오빠의 폴라로이드는 가장 잘 나온 사진으로 골라 액자에 넣어서 내 책상 오른쪽에 고이 모셔 놨지. 현이 오빠를 만난 감정과 엄마가 현이 오빠와 함께 춤을 추던 모습들을 빨리 패드에 정리하지 않으면 전부 잊어버릴 것 같았거든. 하루가 천년이라고 해도 믿을 만큼 수많은 추억이 쌓였던 그날을 잊지 않기 위해 나만의 기억 상자인 패드 속 메모장을 열었어.

그런데 순간, 거대한 두려움이 날 짓누르는 거야. 이 꿈같은 날들이 사라지고 다시 예전과 같은 삶으로 돌아가게 되면 어떻게 하지? 엄마와 내가 함께할 수 있는 시간은 이제 내일이면 끝나는데, 그러면 엄마는 또다시 일에 치이고, 나는 재미없는 학교생활로 돌아가게 되겠지.

나는 왈칵하고 눈물을 쏟아 버렸어. 기쁜 일이 이렇게나 많은데, 왜 또 슬픈 생각에 사로잡혀서 울고 있는지 모르겠어. 슬픔이란 감정은 한번 들면 멈출 수가 없는 것 같아. 계속 기뻤으면 좋겠는데 그게 그렇게 내 마음처럼 되진 않으니까. 나는 글을 쓰다 도저히 참을 수 없어 방문을 열고 엄마 방으로 뛰어 들어갔어.

침대에서 책을 보고 있던 엄마가 깜짝 놀라 말했어.

"루리야, 너 왜 그래? 괜찮아?"

"엄마, 우리 이제 다시 원래 자리로 돌아가는 거야?"

"그게 무슨 말이야. 우린 지금도 원래 자리에 있는데?"

"거짓말! 내일이 지나면 다시 똑같아지잖아. 엄마는 일 때문에 힘들고, 나는 학교 때문에 힘들어지고."

엄마는 서 있던 나를 끌어당겨서 침대 옆에 앉으라고 했어.

"공쥬, 뚝. 엄마 좀 봐."

나는 터져 나오는 울음을 멈출 수가 없었어. 대체 왜 슬픈지 이유를 생각해 내고 싶었지만, 아픈 마음을 어떻게 설명해야 할지 모르겠더라고. 내가 왜 이렇게 서럽게 울고 있나 싶었어. 나는 진짜 못생긴 얼굴을 하면서 겨우 눈물을 닦고 엄마를 바라봤지. 눈물 때문에 엄마 얼굴이 둥글게 뭉개져 보였어.

"엄마, 나 많이 속상했었어."

나도 모르게 숨겨 놨던 그 한마디가 나와 버렸어. 이미 엄마에게 속상한 건 다 털어놓았다고 생각했는데 그동안 너무 참아 왔던 말들, 그동안 하려고 미뤘던 말들이 뒤늦게 나왔던 거야. 엄마는 내게 무엇 때문에 그렇게 속상했냐고 물었어. 처음에는 '개' 때문에 속상한 게 아직도 남아 있었나 생각했는데 결국 나는 아빠 이야기를 꺼냈지.

맞아. 나 그동안 아빠가 너무 보고 싶었는데, 엄마한테 계속 말 안 하고 숨기고 있었어. 그때, 엄마의 눈에서도 눈물이 툭 하고 떨어졌어. 그렇게 엄마랑 한참을 붙잡고 울었어. 엄마도 아빠가 보고 싶었나 봐. 엄마를 안고 있는데 엄마의 온몸이 부들부들 떨리는 게, 엄마의 외로움, 그리움, 그런 것들이 그대로 전해져 오는 것 같았어.

어느새 엄마가 더 크게 울었고 나도 모르게 엄마의 등을 토닥여 줬어. 물론 나도 같이 울고 있었지만, 그냥 엄마가 나한테 해 주듯이 그렇게 흉내를 내 본 거지. 누군가를 위로한다는 건 이런 기분이구나.

"엄마, 나 오늘 엄마랑 같이 잘래."

"진짜? 초딩 때 이후로 처음인데?"

"이제 자주 그럴 거야. 나도 엄마랑 같이 있고 싶을 때가 있으니까."

"알았어. 대환영!"

나는 엄마 품에 안겨서 그대로 잠이 들어 버렸어. 그 이후는 아무것도 생각이 안 나. 그냥 그날따라 더 향기롭게 느껴지던 엄마의 비누 향기만 무의식 속에 남은 것 같아.

Track List 6.
Warm Breeze

손잡아도 돼. 좀 더 쉬어 가도 돼.
나의 바람이 따뜻한 바람 되어 곧 네게 도달할 테니까.

5월 6일, 화요일은 엄마의 괴성에 깜짝 놀라 일어나면서 시작
되었어. 엄마는 스마트폰을 내 눈앞으로 들이밀었고 나는 무거운
눈꺼풀을 겨우 올려 액정을 쳐다봤지. 말도 안 돼! 엄마랑 현이
오빠가 함께 찍은 릴스에는 엄청난 수의 '좋아요'가 표시되어 있
었고, 엄마 릴스를 올렸던 내 인별 계정의 팔로워 수도 몇만 명이
더 늘어나 있었던 거야.

나는 댓글부터 확인했어. 역시나 칭찬하는 사람이 대부분이었
고 욕하는 사람들도 조금 있었어. 40대 아줌마가 무슨 춤이냐고?
그러는 당신들은 대체 몇 살이길래. 우리 엄마만큼 춤을 출 수나
있는지 궁금하네. 나는 엄마와 내게 힘이 되는 댓글들만 골라서
읽었어. 현이 오빠와 엄마가 함께 열심히 챌린지 한 모습에 대해

서 칭찬을 하나 가득 해준 고마운 사람들의 댓글들 말이야. 이번에 새삼 깨달은 게 있는데 글만 봐도 그 사람의 품격이 느껴진다는 거야. 내가 댓글에 관해서는 엄마보다 전문가니까 엄마한테 신경도 쓰지 말라고 했어. 엄마가 그러더라. 엄마는 원래 남한테 관심이 없다나.

"공쥬, 궁금한 게 있는데, 요즘 이런 챌린지를 많이들 하나 봐?"

"현이 오빠 보니까 밈* 같은 것도 따라 하고, 국내 아이돌이나 해외 가수들 댄스 챌린지도 자주 했어."

"그렇구나, 엄마는 사람들이 춤추는 걸 이렇게 좋아하는지 몰랐어. 봐봐. 다들 기쁜 모습으로 춤을 따라 추고 있잖아."

엄마는 해시태그를 눌러서 다른 사람들이 춤추는 모습들도 하나씩 봤어. 나도 옆에서 같이 보고 있었지. 전에는 '걔'의 언니만 신경 쓰느라 잘 못 봤는데, 이제야 다양한 사람들의 춤추는 모습을 제대로 볼 수 있었어. 엄마는 사람들을 잘 살펴보면 그 사람들만의 독특한 빛이 있다고 했어.

"엄마, 니한테도 나만의 빛이 있을까?"

"물론이지. 너는 어떤 빛이 되고 싶어?"

나는 엄마에게 아직은 잘 모르겠다고 했어. 그러면서도 한편으로는 그냥 프리즘처럼 예쁜 빛을 뿜어내는 사람이 되고 싶다, 뭔

---

* '밈(Meme)'은 인터넷에서 유행하는 웃긴 사진, 짤, 유행어 같은 걸 통틀어 부르는 말이다.

가 틀에 박힌 빛이 아닌 여러 가지 색을 내뿜을 수 있는 사람이 되면 좋겠다고 했어. 그때, 엄마의 스마트폰이 요란하게 울렸어. 소진 이모의 축하 전화였지. 나는 웃으면서 남은 댓글을 읽었어. 엄마 팬이 되었다는 사람들의 글과 엄마에게 앞으로 해 줬으면 하는 챌린지나 밈들을 잔뜩 써 놓은 글들도 꼼꼼하게 읽었지.

나는 그때, 내 인생 16년 중 가장 중대한 결심을 했어. 나는 소진 이모와 통화하고 있는 엄마를 가만히 바라봤어. 엄마가 저렇게 활짝 웃었던 적이 언제였을까? 엄마가 행복하니까 나도 행복했어. 나의 행복을 위해서라도 엄마가 행복해지면 좋겠는데 싶었지. 나는 엄마의 릴스를 꾸준히 찍어서 엄마의 행복을 지켜 주고 싶었어. 내가 엄마의 전속 영상 팀장이 되는 거야. 드디어 나의 숨겨진 영상 편집 실력을 발휘해야 하는 건가? 나는 입꼬리를 살짝 올렸어. 어디선가 불어오는 자신감이 내 몸속으로 훅하고 깊게 들어오는 걸 느꼈지.

그사이 엄마의 표정이 매우 심각해졌어. 나는 귀를 쫑긋 세우고 엄마의 통화를 엿들었어.

"야, 김소진, 너 정말 이러기야? 민이 오빠랑 나랑 둘이 왜 만나? 뭐? 오늘 갑자기 바쁜 일이 생겼다고? 그걸 나보고 믿으라고요?"

어제 엄마랑 실컷 울고 자기 전이었어. 민이 아저씨한테 메시지가 왔는데, 내용은 소진 이모, 엄마, 나, 민준이까지 함께 오늘 저녁 식사를 하자는 거였어. 그땐 분명히 소진 이모가 알겠다고 했는데, 갑자기 못 가겠다고 엄마에게 말한 건가 봐. 나는 웃음을 꾹 참았어.

엄마가 소진 이모 전화를 받기 바로 전에 이모는 내게 이런 메시지를 보냈거든. 사실 민이 아저씨가 엄마를 엄청 좋아했고, 아직도 좋아하고 있다고. 그러니까 둘이 데이트하게 하는 비밀 작전에 함께 참여하겠냐는 거였어. 나는 흔쾌히 좋다고 했지. 왜냐하면 오늘은 엄마랑 팝업 갔다 혼자 집에 와도 오빠들 뮤비 촬영 비하인드 영상을 보면 되니까 그렇게 외로울 것 같진 않았거든.

나도 현이 오빠를 보면서 오래, 영원히 좋아해야지 했는데, 막상 오래도록 엄마를 좋아했다는 민이 아저씨를 떠올리니까 정말 그런 일이 가능할 수도 있겠다 싶었어. 생각해 보니까 나도 민준이와 만난 지 오래되긴 했다. 아기 때부터 만났으니까. 현이 오빠랑 민준이 중에 고르라고 한다면 당연히 현이 오빠지만 그래도 전에 좋아했던 주억을 떠올리면 민준이 같기도 하고. 근데 왜 이 시점에 갑자기 민준이가 생각났지?

전화를 끊은 엄마가 씩씩거리면서 나한테 왔어. 나는 엄마에게 오늘 저녁은 오빠들 영상을 봐야 해서 바쁘다고 했지. 엄마가 너까지 이러기냐면서 갑자기 자기도 안 가겠다는 거야. 나는 깜짝 놀랐어. 엄마가 그렇게까지 간절히 부탁한 적은 없었거든.

"공쥬! 나랑 같이 가자고! 혼자 뻘쭘하다니까!"

"엄마, 민이 아저씨랑 친한 거 아니었어?"

"아니, 그게, 민이 오빠랑 단둘이 있었던 적은 한 번도 없어."

"뭐?"

"그땐 진짜 옆에 있기만 해도 너무 긴장됐는데 어떻게 같이 있냐."

음, 그런 기분이 어떤 건지는 나도 이미 경험해서 잘 알고 있기에 알았다면서 고개를 끄덕였지. 엄마는 고개만 끄덕이지 말고 제발 딱 한 번만 같이 가 달라고 했어. 엄마가 혼자 가는 거 힘들다고 진심으로 말하니까 어쩔 수가 없더라고.

"공쥬가 엄마 베프니까 같이 가 주라."

"뭐, 엄마가 그렇게 원한다면."

"와! 공쥬 최고."

엄마는 내가 같이 가서 좋다고 어깨를 들썩이며 리듬을 탔어. 나는 엄마의 그런 춤사위가 재밌어서 웃어 버렸지. 근데 엄마가 갑자기 내 몸을 끌어당기는 거야. 같이 추자고. "나 몸치인 거 알면서 꼭 그래?" 했더니, 그냥 즐기면서 마음껏 몸을 움직이라는 거야. 그러다 보면 춤 실력이 좋아진다고. 나는 얼떨결에 엄마랑 덩실거리고 있었어.

* ♪ *

엄마와 난 오빠들 팝업 예약 시간에 맞춰 서둘러 지하철역으로 갔어. 물론 오늘도 엄마는 어제처럼 멋있게 하고 나왔어. 엄마랑 같이 옷 고르고 화장한 게 이틀밖에 지나지 않았는데, 마치 예전부터 그랬던 것 같은 기분이 들었지.

황금연휴 마지막 날이라 사람들이 많더라고. 우린 열차 안을 샅샅이 뒤져 두 자리가 비어 있는 곳을 겨우 찾아 앉았어. 나는 엄마랑 이어폰을 한쪽씩 나눠 끼고는 오빠들의 노래를 듣자고 했지. 엄마는 피곤한지 몇 곡 듣고 바로 곯아떨어지더라고. 우리 엄마는 어디에서나 잠을 잘 자는 편이야. 그런 면은 또 나와는 정반대지. 나는 사람들이 많은 곳에선 긴장이 되어 잘 못 자거든. 나는 조심스럽게 엄마 팔에 팔짱을 끼었어. 엄마의 나지막한 심장 소리가 내 팔로 전해졌지. 우리 엄마 잘 자고 있구나, 하면서 잔잔한 오빠들의 노래로 플리*를 바꿨어.

그렇게 한 시간 넘게 지하철을 타고 목적지 근처에 도착했을 때, 엄마를 흔들어서 깨웠어. 엄마는 게슴츠레 눈을 뜨고 다 왔냐고 물어보더라고. 나는 다음 역에서 내리면 된다고 했어. 엄마가 이어폰을 넘기면서 에이톱스는 왜 노래가 다 좋냐고 묻더라. 우리 오빠들 노래는 다 좋습니다, 어떤 노래든지요. 엄마는 내 말을 듣더니 앞으로 더 자주 들어야겠다고 했어. 우리 엄마 입덕 제대로 했지?

우린 역에 내려서 팝업이 열리고 있는 쇼핑몰로 들어갔어. 팝업이 열리는 로비 층에는 이미 많은 사람들이 팝업을 채우고 있

---

* '플리'는 플레이리스트(Playlist)의 줄임말이다.

더라고. 나는 엄마에게 중요한 사실을 물어봐야만 했어.

"엄마, 에이톱스 오빠들 중에 최애가 누구야?"

"나? 김현."

"그건 내 최애고. 엄마 최애를 말해야지."

"김현이라니까?"

"아, 그러세요."

입덕을 시키긴 했는데, 라이벌이 한 명 더 늘어 버렸지 뭐야.

"그건 왜 물어봐?"

"나중에 이벤트로 받은 포카가 내 최애가 아니면 교환해야 하거든."

"교환도 할 수 있어?"

"응, 우선 현장 예약부터 하자."

"그래."

나는 엄마를 데리고 팝업 스태프에게 현장 예약을 하겠다고 말했어. 스태프는 친절하게 현장 예약을 할 수 있게 도와줬고 대기자가 얼마 없어 10분 후에 바로 입장했어. 엄마는 "와" 하는 탄성과 함께 스마트폰을 들어 여기저기 찍기 시작했어.

"무슨 비디오아트 전시 보는 것 같다. 화려하고 멋있네."

나는 내심 그런 엄마의 반응에 뿌듯하면서도, 엄마가 미술 전시회 가는 걸 좋아했는데, 자주 가지 못했다는 사실을 깨달았어.

"엄마, 나중에 엄마 좋아하는 전시도 같이 보러 갈까?"

"그래 주면 참 좋지요."

엄마는 현이 오빠가 나오는 영상과 사진들을 찍느라 정신이 없었어. 나보다 더 열정적인 모습에 깜짝 놀랐다니까. 그렇게 팝업을 구경하고 갖고 싶은 굿즈를 몇 개 사서 이벤트 존으로 들어갔어.

나는 제발 이번 럭드에서 현이 오빠 포카가 나오길 간절히 기도했지. 근데 떨려서, 엄마보고 먼저 하라고 했어. 엄마는 망설임 없이 가챠*를 돌렸는데, 놀랍게도 현이 오빠 포카를 뽑고는 자신만만한 표정을 보였어. 와, 우리 엄마 대단하다. 나도 질 수 없지. 온 마음을 담아서 가챠를 돌렸어. 와, 내가 오빠의 싸폴을 뽑다니! 나는 흥분을 가라앉히지 못했어. 물론 집엔 아주 희귀한 싸폴이 이미 있었지만 직접 뽑은 건 정말 처음이었다니까!

그때 어떤 외국인 팬 두 명이 엄마의 곁으로 다가오더니 능숙한 한국어로 조용히 속삭이는 거야. 혹시 현이 오빠와 챌린지를 했던 '공쥬맘'이 아니냐고. 나는 너무 놀랐어. 혹시 엄마가 난처해할까 봐 걱정이 됐지. 근데 외국 팬들이 조용히 "잘 봤어요, 또 해 주세요" 하고는 초코바 두 개를 수더니 유유히 사라지더라고. 나는 가슴을 쓸어내렸어. 엄마는 놀랐으면서 아무렇지 않은 척, 초코바를 먹자고 했어.

그 일 때문에 어찌나 긴장했는지 몰라. 나는 목이 타서 엄마에

---

* '가챠(Gacha)'는 원래 일본의 캡슐토이 뽑기 기계를 뜻하지만, 아이돌 제품 관련 팝업 스토어 현장에서는 선물 증정 이벤트를 위해 활용되기도 한다.

게 아이스크림이 간절하다고 말했고, 마침 쇼핑몰 2층에 아이스크림 가게가 있는 걸 발견했지. 우린 팝업을 빠져나왔어. 엄마는 금방 바닐라 아이스크림 두 개를 들고 왔어.

"엄마, 나 너무 놀랐어."

"그러게, 볼캡 쓰고 후드티 입어서 당연히 모를 줄 알았는데."

"오빠 릴스를 엄청 많이 봤나 봐. 나도 평소에 많이 보긴 했지만."

"그래도 좋은 분들이네. 초코바도 주고."

"원래 콘서트 가거나 그러면 나눔 같은 거 많이 해. 자주는 아니지만 팝업에서 하시는 분들도 있고."

"나눔?"

"덕질하러 다니면 힘드니까 달달한 거 조금씩 포장해서 서로 주는 거야."

"낭만 있다. 마음들이 너무 따뜻해."

엄마가 기분 좋다는 듯이 아이스크림을 입에 넣었어.

"엄마는 어릴 때 좋아하는 아이돌 없었어?"

"엄만 없었고, 이건 완전 비밀인데, 김소진은 있었지."

"소진 이모가?"

"그럼, 소진이가 좋아하는 오빠들 보려고 엄마까지 같이 여의도 방송국 가서 줄 서고 그랬어."

"줄을 서? 인터넷으로 공방 신청 안 해?"

"그때는 그냥 선착순 이십 명, 삼십 명 기다렸다가 들어갔나?

줄만 잘 서면 금방 들어갔었어."

소진 이모랑 엄마가 나도 안 뛰는 공방을 뛰었다니 이건 좀 충격이었어. 더 충격인 건 공방이 선착순이었다는 거야. 지금은 꿈도 꿀 수 없는 일이라고! 요즘은 접속 시간 0.000001초 차이로 공방이 결정된다고 말하니까 엄마가 깜짝 놀라더라고.

"엄마, 요즘은 포카랑 사진집 때문에 앨범을 사는데 그땐 정말 CD로 노래 들었어?"

"테이프도 있었지. 근데 엄마 고1 때는 거의 애들이 CDP 들고 다녔어."

"나도 쇼츠에서 봤어. 둥글게 생긴 거 뚜껑 열면 거기 안에 CD를 넣잖아."

"공쥬도 봤어? 근데 CDP가 진짜 불편해. 이게 옆으로 누이거나 하면 자꾸 CD가 튀거든. 노래 나오다 탁, 탁, 그런 소리가 나. 그래서 쉬는 시간이나 점심시간에 애들이 이렇게 손바닥 위에 똑바로 올려놓고 노래에 취해 복도를 걸어 다녔는데 지금 생각하면 너무 웃기는 일이야."

나는 크게 웃었어. 엄마가 손바닥 위에 마치 CDP가 있는 것처럼, 심각하게 노래 들었던 걸 흉내 내는데 진짜 웃기더라고. 엄마는 아무래도 지금이 더 좋대. 음원사이트에서 제목만 검색하면 바로 노래가 나오니까 편하다는 거지. 엄마가 예전에 모았던 CD들만 몇백 개 됐는데, 일 시작하고 모두 처분해 버렸다는 말도 해 줬어. 사실 좋아하는 거였는데, '나이도 먹었고 살기 바쁜데 노래들을 여유나 있니?' 하는 생각 때문이었다고. 말도 안 돼. 지금 그랬다면 내가 말렸을 거야. 엄마는 엄마가 좋아하는 걸 너무 아무렇지 않게 잊으려는 경향이 있다니까.

"엄마, 그러면 그때는 팝업이나 이런 것도 없었지?"

"없었지. 오빠들 사진 구하기도 힘들어서 잡지 나오는 거 있으면 찢어 뒀다가 자기가 좋아하는 오빠들 사진이랑 서로 바꾸고 그랬어. 아, 뭐야. 엄마 너무 옛날 사람 같다."

"아니야, 나는 재밌어."

"그래?"

나는 엄마와 소진 이모가 공방을 뛰면서 열심히 오빠들을 응원했던 그 시절을 떠올리다가 초코바를 보고는 갑자기 현실로 돌아왔지. 이제 내 결심을 말할 때가 되었구나 싶었어.

"엄마, 나 생각 많이 하고 말하는 거야."

"어? 공쥬, 무슨 얘기를 하려고 그렇게 심각해."

"엄마, 앞으로도 댄스 챌린지 계속 찍어서 릴스로 올리자."

"뭐?"

엄마는 주인을 피해 도망가려던 작은 강아지 같은 눈을 하고 나를 바라봤어.

"엄마가 뭐라고, 그냥 우리 공쥬 위해서 한 번 한 건데."

나는 눈을 크게 뜨고 엄마를 바라봤어. 엄마가 뭐도 아니라면 나는 뭐가 되는데? 그럼, 우린 아무것도 아닌 사람들이라는 거야? 아니야. 엄마도 나도 그동안 힘들었지만 잘 버텨 왔잖아. 그것만으로도 우린 칭찬 받아야 하지 않을까? 사실 이 세상 사람들 모두다 그래. 모두가 각자의 삶에서 자신만의 릴스를 찍으며 소중한 시간을 채워 간다고 생각해 봐. 나만의 채널 속에서는 모두가 다 특별한 거 아니야? 나는 엄마의 손을 내 두 손으로 감싸 쥐었어.

"엄마, 나 영상 찍고 편집하는 거 완전 즐거워. 시간이 어떻게 가는지 모르겠다고. 그것만 하면 다른 생각이 안 들어서 너무 좋아. 그러니까 그때만큼은 초집중, 초안정 상태라고."

"정말? 공쥬가 그렇게 뭔가가 즐겁다고 말한 적은 처음인 것 같은데."

그 말은 진짜 맞아. 나는 내가 뭘 좋아하는지, 뭘 잘하는지, 뭘 즐거워하는지 전혀 모르는 상태였거든. 당연히 내 꿈이 무엇인지도 몰랐어.

"앞으로 길냥이도, 구름도, 엄마도 열심히 찍어서 나만의 릴스를 가득 채우고 싶어."

"엄마한테 조금만 시간을 줘. 금방 답해 줄게."

"그럼, 내 생일 전에는 꼭 해 줘."

나는 속으로 안심했어. 엄마가 단번에 거절할 줄 알았거든. 앞으로 엄마가 어떤 결정을 하든, 내 마음을 충분히 전달했으니까 그걸로 된 거야. 나는 아이스크림을 한입 크게 베어 먹고 스마트워치를 봤어. 아직 민이 아저씨를 만나려면 세 시간 정도가 붕 뜨니까 엄마랑 쇼핑하기 딱 좋겠더라고. 민이 아저씨가 6시까지 우리를 데리러 온다고 했거든.

* ♪ *

엄마와 이것저것 구경하느라 신이 나서 나는 갑자기 극 I에서 약간 E의 성향을 띠는 아이가 되었어. 엄마가 옷가게에서 옷을 고를 때마다, 나는 적극적으로 다른 옷들을 가져왔고, 엄마도 내가 권하는 옷들을 전부 입어 보느라 진땀을 뺐어. 내 옷? 당연히 내 옷도 사야지. 다음 날은 민준이랑 약속이 있으니까 민준이에게도 현이 오빠를 만났을 때처럼 예쁜 모습을 보여 주고 싶단 생각이 들었거든.

옷 갈아입느라 좀 피곤했지만, 엄마와 난 양손 가득 쇼핑백을 들어야 할 정도로 갖고 싶은 것들을 샀어. 내가 좋아하는 드럭스토어도 들렀어. 요즘 신상으로 나온 살구빛 블러셔가 눈에 아른거렸거든. 때마침 틴트도 다 써 가. 근데 드럭스토어는 나만 좋아하는 게 아니야. 우리 엄마도 완전 좋아해. 엄마는 섀도와 틴트들을 재빠르게 손등에 바르면서 "예쁘다, 귀엽다"를 외쳐 댔어.

블러셔는 상상했던 색 그대로라 금방 골랐는데, 틴트는 항상 고민이 돼. 난 진한 색을 바르면 너무 튀고, 여린 색을 바르면 너무 창백해 보여서 말이지. 근데 엄마가 나한테 잘 어울릴 것 같다면서 틴트 하나를 쓱 내미는 거야. 내가 손등에 발색해 보니까 마음에 들더라고. 말린 장미색인데 약간 밝은 기가 돌아 화사하면서도 단정하게 느껴졌지.

엄마는 뭘 샀냐고? 말도 마. 그날 엄청 많이 샀어. 나랑 같이 써보자고 이것저것 다 담더라고. 그리고 내 생일 선물이라면서 뽀송하게 잘 마른 빨래 향이 나는 코튼 향수도 사 줬어. 엄마는 다른 생일 선물도 또 있다고 하면서 기대하라고 했는데 뭔지 궁금했지만, 꾹 참고 기다리기로 했지.

아무튼 쇼핑하고 온몸의 기운이 다 빠질 때쯤, 엄마가 민이 아저씨의 연락을 받았어. 엄마가 쇼핑몰 1층 정문으로 나가자고 하더라고. 민이 아저씨는 이미 차를 길가에 세워 놓고 있었어. 어쩐지 민이 아저씨 머리가 더 짧아진 것 같았는데, 지난 앨범의 현이 오빠 머리랑 비슷하다 했지. 찾아보니까 그런 헤어스타일을 슬릭 컷이라고 한대.

민이 아저씨는 날 보자 반갑게 인사했어. 나는 그때 아저씨 얼굴을 처음으로 자세히 들여다봤지. 아저씨 같지 않게 뭔가 잘생긴 것 같다는 생각이 들었어. 무엇보다도 웃는 모습이 멋있더라고. 나도 예의 바르게 인사드렸지. 민이 아저씨가 내 짐이랑 엄마 짐을 들어서 앞좌석에 잘 놓더니 뒷문을 열어 줬어. 민이 아저씨 차도 현이 오빠가 타는 차랑 비슷한 이미지야. 뭔가 크고, 현이 오빠가 타는 SUV 같은 차였어. 민이 아저씨가 운전대를 잡자마자 엄마가 말했지.

"오빠, 어디 가려고?"

"너 좋아하는 거 먹으러 가지."

엄마가 좋아하는 거라면 해산물인데? 나도 해산물 엄청 좋아하거든. 특히 새우튀김. 바삭바삭하고 고소하고 맛있잖아. 엄마는 괜히 관심 없는 척했어. 잠깐 정적이 흐르다 민이 아저씨가 어떤 노래를 틀더라고. 근데 엄마가 갑자기 한숨을 내쉬는 거야. 이거 엄마가 예전에 들었던 노래 같은데? 민이 아저씨가 장난스러운 웃음을 지었어. 엄마가 날 보며 한마디 했지.

"〈Waterfalls〉*라는 노래야. 엄마가 좋아하면서도 싫어하는 노래."

"좋아하는데 왜 싫어해?"

"저 나쁜 아저씨가 춤 연습 너무 많이 시켰던 노래라서. 같은 곡에 레퍼토리만 몇 개였는지 몰라."

"애한테 무슨 소리를 하는 거야. 나쁘긴, 너 잘하니까 더 잘하라고 도와준 거지. 루리야, 네 엄마는 앞만 보는 스타일이라 그냥 하라고 하면 다 해냈다니까?"

네, 아저씨, 저는 평생을 함께 살아서 이미 알고 있습니다. 엄마의 인생에 후퇴란 없어요. 아저씨는 엄마가 처음 연습실에 온 날

---

* 〈Waterfalls〉는 미국의 3인조 R&B 걸그룹 TLC의 대표곡이면서 빌보드 핫100 7주 연속 1위를 한 곡이다.

을 잊지 못한다고 했어.

"걸즈 힙합*을 추는 다른 여자애들 속에서 유독 남자애들과 섞여 올드 스쿨 힙합을 추겠다고 큰소리를 치고 있었다니까. 옷도 남자애들보다 더 남자애들처럼 입고 와서는, 그 험악한 분위기 속에서 기죽지 않고 거울 보면서 춤만 추고 있던 건 네 엄마가 유일했어. 앞으로 잘 키우면 팀에 도움이 될 거라 확신했지."

"이 오빠가 진짜. 그래, 말 나온 김에 좀 물어보자. 대체 왜 나만 그렇게 괴롭힌 건데? 나만 보면 연습, 연습, 또 연습! 입만 열면 팔은 이렇게 해라, 다리는 저렇게 해라. 늦게까지 연습하느라 막차 놓치고. 내가 그때 생각만 하면 진짜."

"그거야, 다 널 위해서 내가 열정적으로 도와준 거지. 나 때문에 그때 실력 많이 늘었잖아."

눈치 없는 우리 엄마, 민이 아저씨가 엄마를 좋아했다잖아요. 그러니까 같이 연습한다는 핑계를 대면서 함께 있으셨겠죠. 나도 아는 걸 왜 엄마는 모를까. 한숨이 저절로 나왔어.

예약한 식당에 도착할 때까지 엄마랑 민이 아저씨는 계속 어이없는 말싸움을 했어. 나는 스피커를 통해 흘러나오는 노래에 집중하기로 했지. 주로 팝송이 나왔는데, 거의 다 좋아서 나중에 민이 아저씨한테 따로 플리 받아 내야지, 하고 생각할 정도였다니까. 엄

* '걸즈 힙합(Girls Hiphop)'은 여성들이 가슴과 골반의 움직임을 강조하며 추는 기존 힙합 댄스의 변형된 춤을 말한다.

마가 그랬는데, 명곡은 시간이 지나도 오랫동안 여운이 남는대. 그 노래를 들으면 그때가 생각난다고. 나도 언젠가 시간이 지나 오빠들 노래를 들으면서 그렇게 말하는 날이 올까? 아직은 오지 않아서 솔직히 엄마가 말하는 여운이 어떤 느낌인지는 잘 모르겠지만.

민이 아저씨랑 엄마의 말다툼이 더 커지기 직전, 예약한 식당에 들어간 건 천만다행이었다고 생각해. 음식은 정말 맛있었어! 식당 분위기도 좋았고. 특히 우리 셋만 독립된 공간에서 밥 먹을 수 있어서 그게 가장 좋았어. 누군가에게 방해받지 않는 느낌이 들었거든. 회랑 초밥이랑 알 수 없는 음식들이랑, 그리고 내가 가장 좋아하는 새우튀김을 잔뜩 먹었지.

엄마도 나만큼 맛있게 먹는 모습을 보니까 참 좋더라고. 요즘에 아파서 입맛 없다고 했는데, 엄마의 입맛이 좀 돌아온 것 같아서 다행이었어. 엄마는 내가 이렇게 엄마에 대해 세세하게 신경 쓰고 있다는 걸 알까? 앞으로는 엄마에게 내 마음을 좀 더 솔직하게 말해야겠어.

엄마는 잠깐 화장실에 갔다 오겠다고 했어. 나도 같이 갈까 하다가, 민이 아저씨만 있으면 외로울까 봐 엄마 먼저 보냈지. 민이 아저씨는 엄마가 나가자마자 눈치를 보다가 내게 조심스럽게 질문했어.

"루리야, 오늘, 아저씨 어때?"

"머리는 멋있게 자르고 오신 것 같은데."

"그러니까 새연이가 짧은 머리 남자를 좋아해. 예전에 같은 학교 다니던 남자애가 머리 밀고 왔는데 한 몇 달은 멋있다는 거야. 내가 원래 긴 머리 좋아하는데 그 일 있고 나서 계속 이렇게 짧은 상태로 살고 있다."

그 머리 밀었다는 남자애는 저희 아빠십니다. 엄마가 분명 아빠 머리 가지고 뭐라고 했던 것 같은데. 다른 곳에서는 멋있다고 말했었구나.

"아저씨, 그냥 아이돌 같아요."

"칭찬이 너무 과한 거 아니야?"

민이 아저씨는 한 손을 가슴에 얹고 감동했다는 듯 웃긴 표정을 지었어.

"진짜예요."

"다행이네. 그럼 멋있다는 거니까."

"근데 아저씨, 저희 엄마 많이 좋아하세요?"

민이 아저씨는 물을 마시다 크게 내뿜었어. 나는 당황하지 않고 옆에 있던 냅킨을 건넸지. 아저씨가 놀라서 입을 닦으며 말했어.

"루리야, 그러니까, 아저씨, 그런 사람이 아니야."

"아저씨 좋은 사람이란 거 알아요. 그리고 엄마랑 아저씨랑 서로 좋아하는 것도 알고요."

"갑자기 그렇게 말하니까 쑥스럽네."

민이 아저씨는 멋쩍은 웃음을 지었어. 뒷머리를 긁적이는데,

현실의 아저씨 얼굴 위로 뭔가 고등학교 때의 아저씨 모습이 겹쳐 보이는 거야. 나는 그때를 보지도 못했지만, 왜 드라마에서 그런 장면이 자주 나오잖아.

"아저씨, 저, 엄마 릴스 계속 찍고 싶어요. 엄마가 곧 답해 준다고 했어요."

"아마 본인이 제일 하고 싶을 거야. 저기 루리만 괜찮으면 나중에 엄마랑 같이 아저씨네 놀러 올래? 사실, 이거 정말 비밀인데."

어른들은 왜 그렇게 비밀이 많을까? 민이 아저씨는 다음 주, 미국에 가는 비행기표를 갑작스럽게 취소했다면서 당분간 미국에 돌아가지 않고 계속 한국에서 지낼 거라고 했어. 오빠들 기획사에서 새롭게 나오는 신인 아이돌 제작에 본격적으로 참여하게 되었대. 이런 고급 정보를? 오빠들 동생 그룹이 나올 예정이구나. 오빠들이 벌써 6년 차니까 나올 때도 됐지. 근데 엄마한테는 아직 말하지 말라는 거야. 나는 알겠다고 했어. 그 순간 엄마가 돌아왔어.

"둘이 나 몰래 무슨 얘기를 그렇게 해? 벌써 친해진 거야?"

"그게, 루리랑 대화가 잘 통하네. 너랑은 다르게."

"네, 그러세요."

민이 아저씨가 내게 윙크를 했어. 비밀을 지켜 달라는 신호겠지. 내가 입 하나는 무거운 열여섯 살이니까 그 정도는 다 커버할 수 있어.

민이 아저씨는 엄마와 거의 춤에 관해서만 얘기했어. 이번 현이 오빠랑 릴스 찍은 얘기, 에이톱스 오빠들 얘기도 하고. 오빠들은 바쁜데도 시간만 나면 연습실에 와서 개인 연습을 정말 열심히 한대. 역시 우리 오빠들이야.

맛있는 것도 많이 먹고 이야기도 많이 하고, 우린 웃으며 식당을 나왔어. 근데 식당에서 나오자마자 평소 좋아하는 아이스크림 가게가 내 눈에 확 들어온 거야. 나는 말할까 말까 망설였는데 민이 아저씨가 잠깐만 기다리라고 하더라고. 엄마랑 나는 영문도 모른 채 차 앞에 서 있었어. 잠시 후 나타난 민이 아저씨 손에는 아이스크림 케이크가 들려 있었어. 아저씨에게 내 생일을 말한 적도 없었는데 감동이었지. 아저씨 최고! 나는 너무 기뻤어.

민이 아저씨가 엄마랑 나를 집까지 데려다줬어. 나는 눈치가 빨라서 아이스크림 케이크를 들고 바로 올라왔지. 엄마랑 민이 아저씨가 인사할 시간 정도는 남겨 주고 싶었어. 그리고 무엇보다도 우리 집은 4층이라 베란다에서 내려다보면 아래가 아주 잘 보인다는 장점이 있거든. 절대 엄마랑 민이 아저씨를 몰래 본다거나 그런 건 아니야. 궁금하니까 잠깐만 볼 수는 있는 거지, 안 그래?

나는 베란다 창문을 활짝 열고 아래를 봤어. 민이 아저씨가 엄마랑 무슨 얘기를 하더니, 막 웃다가 둘이 춤을 추는 거야. 말로만 듣던 댄스 배틀인가? 아파트 단지에 사람들이 지나다니는데? 아이고, 머리야. 두 분 지금 뭐 하시는 거죠? 그러더니 또다시 둘이 배꼽 잡고 웃고 있는 거야. 한 10분 정도를 그러다가 민이 아저씨는 떠나고 엄마는 짐을 들고 집으로 들어왔지. 엄마는 웃음을 참지 못하겠는지 웃으면서 눈물을 흘리고 있었어. 엄마가 즐거웠으면 됐어. 나는 아이스크림 케이크도 중요하기에 엄마한테 빨리 먹자고 했지. 미리 생일 축하도 하고 좀 쉬었다가 씻었어.

* ♪ *

그날은 엄마와 같이 안 잤어. 있었던 일을 패드에 정리하고, 영상 잘 찍는 법에 관해 유튜브랑 블로그 좀 찾아봤거든. 내가 원하는 장면을 카메라에 담는 일이 정말 어렵더라고. 잘 찍혔겠지 하고 보면 이상하게 찍혀 있고, 어떤 때는 초점도 나가 있고, 흔들리고, 그런 것들 때문에 신경이 많이 쓰였었어. 또 오빠들 이번 타이틀곡 뮤비가 정말 잘 나왔단 말이야. 색감이나 빛 처리나 공간 사용 같은 것들이 마음에 들어서, 여러 가지 분석한 것들도 패드에 적어 봤지.

항상 패드에는 닿을 수 없는 오빠에 대한 그리움과 '개'에 대한 짜증 섞인 내용을 적었었는데, 며칠 전부터는 엄마와 소진 이모, 민준이와 민이 아저씨, 그리고 영상 관련 이야기가 더 많아졌어. 물론 현이 오빠 이야기도 있지만 이젠 전처럼 그리워하지만은 않아. 모두의 행복과 내 꿈을 향한 '희망의 빛'에 한발 가까워진 걸까.

Track List 7.

Life

물러서지 마, 도망치지 마. 똑바로 직시해.
그게 가장 너다운 모습. 그게 바로 우리의 삶.

5월 7일 수요일, 드디어 대망의 날이 밝았어. 알고 있지? 이날은 연휴가 다 끝나서 오랜만에 학교 가는 날이었잖아. 난 아침에 일어나서 톤업 선크림이랑 엄마와 같이 산 말린 장밋빛 틴트를 발랐어. 생일 선물이라며 엄마가 건네준 코튼 향 향수까지 마무리하듯 뿌렸지. 학교에 가면 또 '개'가 엄청나게 나대고 있을 게 뻔하니까 온 신경이 곤두섰지만, 포근한 향기 덕분에 마음이 한결 편안해지더라고. 하지만 나는 며칠 사이에 아주 많은 경험치를 쌓고 돌아왔거든. 이제 더 이상 '개'의 말이나 행동을 보면서 휘둘리지 않을 자신이 생겼지. 교실 뒷문을 열자 이미 '개'와 '개'의 친구들이 모여서 평소처럼 현이 오빠 얘기를 하고 있었어. 나는 아무렇지 않은 척 그 옆을 지나쳐 내 자리에 앉았어.

'개'는 팝업에서 현이 오빠 싸폴을 뽑았다고 자랑 자랑을 하더라고. 이번엔 나도 뽑았어. 너는 절대 모르겠지만 현이 오빠에게 직접 받은 싸폴도 있다고. '개'는 대면팬싸에 가야 해서 팝업에서 얼마밖에 못 썼네, 언니가 또 프리스타일 챌린지 릴스에서 '좋아요'를 많이 받았네, 뭐 그런 얘기들을 이어서 했어. 그리고 보니 나는 그동안 너무 바빠서 '개'의 언니에 대해서는 싹 잊고 있었어. 근데 듣고 있던 무리 중에서 소율이라는 애가 약간 못마땅한 태도로 말했어. 그런 적은 한 번도 없었거든. '개'의 패거리에서도 분열이 일어나는 건가?

"근데, 너네 언니 현이 오빠랑 릴스 못 찍었잖아? '공쥬맘'만 찍었던데?"

"어이없네. '좋아요'도 못 받는 주제에."

"이번 릴스는 '공쥬맘'이 제일 잘 추는 걸로."

"야! 한소율! 그 아줌마랑 우리 언니랑 같냐?"

소율이와는 그동안 반에서 몇 번 지나치면서 인사만 하던 사이였어.

"난 '공쥬맘'이 너네 언니보다 훨씬 더 잘 추는 것 같던데? '공쥬맘', 지금 난리야. 팔로워, 10만 다 되어 간다니까."

"그 아줌마가 팔로워 샀겠지! 넌 왜 갑자기 '공쥬맘' 편을 드는데?"

그 아줌마? 우리 엄마한테 그 아줌마? 그리고 우리 엄마 팔로워 안 샀거든? 저게 진짜 보자 보자 하니까. 나는 자리에서 벌떡 일어나서 '걔'에게 다가갔어. 내 무의식이 나도 모르게 날 움직이게 했던 것 같아. 나는 매우 당당하게 말했지.

"나도 소율이 말대로 '공쥬맘'이 훨씬, 정말, 더, 잘 춘다고 생각해."

"넌 또 뭐야? 진짜 가지가지 한다."

"그리고 모르는 사람에 대해 함부로 말하지 마. 입장 바꿔서 너네 언니한테 그런 얘기를 하면 좋아?"

"별것도 아닌 것들이!"

'걔'의 목소리가 교실 전체를 울렸어. 나는 아랑곳하지 않고 '걔'를 노려보며 말했지.

"너네 언니가 현이 오빠랑 릴스를 못 찍은 건 사실이잖아."

"어쩌라고. '공쥬맘'이 뭐가 그렇게 대단한데? 우리 언니보다도 못생겨서 볼캡이나 푹 눌러쓴 주제에. 여기 있는 애들, 다 그렇게 생각할걸? 그 못생긴 아줌마가 김현 만난 거랑 나랑 무슨 상관임? 뭐 하는 아줌마인지는 노트셌지만, 우리 언니는 예전부터 '좋아요'를 많이 받았다고."

"그렇게 '공쥬맘'을 무시하면 좋아?"

"야, 이루리. 내가 하는 말 못 알아듣니? 우리 언니랑 그 못생긴 아줌마랑 어떻게 같냐고?"

너는 오랫동안 참고 참았던 분노가 한 번에 터져 나오는 경험을 해 본 적 있어? 내게는 그때가 그랬어. 얼굴이 붉어지고 당장이라도 분노의 활화산이 폭발할 것 같았어. 나는 결국 '걔' 앞에서 소리를 지르고 말았지.

"네가 뭔데 함부로 남의 외모를 욕하고 남이 잘한 것까지 부정하는데? 네가 대체 뭐나 되는데? 말해 봐. 네가 그렇게나 자랑스럽게 생각하는 릴스도 네 언니가 찍은 거지, 네가 찍은 건 아니잖아!"

순간, 교실 분위기가 싸하게 변했고 반 친구들은 놀란 표정으로 나와 '걔'를 동시에 바라봤어. 물론 민준이도 심각한 표정으로 내 모습을 지켜보고 있었지. 근데 '걔'는 정말 뻔뻔한 족속인지 내가 하는 말은 들은 척도 안 하는 거야. 나와 말을 섞기도 싫다는 표정을 지으며 비아냥거렸어. 그래, '걔'는 이미 내가 현이 오빠를 좋아한다는 사실을 알고 있으면서도 날 무시하고 있었던 건지도 몰라.

나는 '걔'가 왜 미운지, 왜 '걔' 때문에 그동안 힘들었는지에 대해 생각해 봤어. 현이 오빠를 마치 자신의 소유물처럼 대하면서 현이 오빠의 유일한 팬인 척, 현이 오빠에게 혼자서만 인정받는 척 굴어 댔던 모습에 질려 버렸다는 것을 깨달았지.

나는 날 무시하며 돌아서려는 '걔'의 어깨를 내 얼굴 쪽으로 강하게 돌렸어. 지금 생각하면 그런 용기는 엄마에 대한 비방과 현이 오빠와 관련해 그동안 쌓였던 불만 때문에 가능했던 것 같아.

"너는 항상 현이 오빠에 대해 가장 잘 아는 사람처럼 말하는데, 네가 관심 있는 건 현이 오빠 외모밖에 없잖아. 너는 오빠가 어떤 생각을 하고 어떤 마음으로 아이돌이 되었고 얼마나 친절한 사람인지에 대해서는 눈곱만큼도 관심이 없지!"

'걔'는 짜증 섞인 표정으로 내 손을 뿌리쳤어.

"소심하게 겨우 눈팅*으로 덕질하는 주제에 무슨 말이 그렇게 많아? 너 오프에서 김현 한 번이라도 만나는 봤어? 감히 나와 김현 사이에 관해 말할 자격이나 있냐고!"

"그러는 너는 오프를 그렇게 많이 뛰어서 현이 오빠가 어릴 때 즐겨 먹었던 아이스크림 이름도 모르니?"

"그딴 게 뭐 상관인데? 꼭 별거 없는 것들이 김현에 대해 다 알고 있다면서 나대고 다녀요."

'걔'는 보란 듯이 날 보면서 비웃었어. 나는 물러서지 않았지.

"나대는 건 너지. 너는 맨날 현이 오빠가 네 말만 들어준다고 하잖아. 네가 SNS에서 긴 머리에 탈색해 달라고, 또 네가 오빠한테 어떤 스타일의 옷을 입으라고 올려서 현이 오빠가 그대로 해 줬다고 했잖아. 아니거든! 그거 한 달 전부터 계속 현이 오빠가 라방에서 콘셉트 생각 중이라고 말했던 것 가운데 하나였어. 그리고 현이 오빠한테 이상한 밈 좀 그만 요구해. 왜 멋있는 현이 오빠가 그런 우스꽝스러운 릴스를 올려야 하냐고!"

"내가 팬이니까! 아이돌은 원래 팬이 시키는 대로 하는 거야."

* '눈팅'은 글이나 댓글을 읽기만 하고, 직접 참여(댓글·게시글 작성)는 하지 않는 행동을 말한다.

"아이돌도 사람이야! 너는 인간의 기본이 안 되어 있어."

"무슨 돌판*을 이렇게 머리 아프게 이야기하지. 짜증 나네. 그러는 너는 뭐가 그렇게 잘났는데?"

'개'는 귀를 틀어막으며 듣기 싫다는 듯 고개를 좌우로 저었어. 나는 화가 끝까지 치밀었지.

"메인 댄서인 현이 오빠를 좋아하면 '공쥬맘'이 춤을 얼마나 잘 추는지 정도는 단번에 알아야지."

"뭐? 누가 춤을 잘 춰? 춤은 우리 언니가 제일 잘 춰. 나이 때문에 바이럴 좀 탄 아줌마 얘기는 이제 그만하자."

민준이가 내 곁으로 다가와 지금 매우 논리적으로 '개'를 박살내고 있으니, 이번에 확실하게 혼내 주는 건 어떠냐고 속삭였어. 나는 민준이의 응원에 더욱 용기를 냈지. '개'의 입에서 더 이상 현이 오빠와 우리 엄마에 대한 쓸데없는 말들이 나오지 않게 만들겠다고 말이야.

"네가 하는 말은 다 거짓 아니면 착각에서 비롯된 것들이야. 현이 오빠는 모두에게 '좋아요'를 눌러 줬어. 근데 너는 마치 너의 언니만 '좋아요'를 받은 듯이 굴었고, '공쥬맘'이 지금 가장 인기 있는 릴스임에도 부정하고 있지. 너는 네 세상에 갇혀 네가 보고 싶은 것만 보는 그런 부류의 인간이야."

---

* '돌판'은 Dol판, 즉 아이돌판의 줄임말로 아이돌 업계와 시장 전반, 혹은 아이돌 팬덤 전체를 일컫는 은어이다.

"뭐라는 거야, 진짜. 공부 좀 한다고 외계어 같은 말이나 하고. 야, 그냥 너는 이제까지 그랬듯이 소심한 팬으로 살아. 그 아줌마랑 아는 사이라도 되니?"

'개'가 점점 내 곁으로 다가오더니 손으로 내 어깨를 툭툭 쳤어.

"아니, 나는 아는 사이든 모르는 사이든 너처럼 함부로 남을 욕하고 다니지는 않아!"

나는 '개'의 손을 내 어깨에서 치워 버렸지. '개'는 고래고래 소리를 질렀어.

"야! 너, 이거 학폭이야, 알아? 머저리 같은 소심한 팬은 제발 꺼지세요. 네?"

"네가 한 말들 모두 언어 폭력인 건 알아? 남에게 욕하는 것도 범죄고 잡혀간다는 거 모르지?"

"범죄는 네가 한 거지. 안 그래, 얘들아?"

'개'가 씩씩거리면서 주변에 있던 아이들의 호응을 유도했어. 하지만 놀랍게도 반 아이들은 아무도 '개'의 편을 들어 주지 않았지. 나는 마지막으로 내가 하고 싶은 말을 모두 나 쏟아 냈어.

"그동안 너의 말 같지 않은 말들과 나대는 모습을 봐도 무시하면 된다고 참았는데, 너! 우선 현이 오빠에 대해 말할 때 목소리가 너무 커. 그리고 네가 말하는 현이 오빠에 관한 사실을 듣다 보면 틀린 게 너무 많아. 현이 오빠 덕질을 잘하고 싶으면 현이 오빠 외모만 좋아하지 말고 오빠의 인간 됨됨이와 너의 인간성에 관해서도 한번 깊이 생각해 보는 건 어때? 기억은 나니? 현이 오빠는 예의 바르고 겸손한 사람을 좋아한다고 그랬어."

"이게? 진짜?"

'개'는 순식간에 손을 들었고 나는 재빨리 '개'의 손을 막았지. 엄마 아빠한테도 맞아 본 적 없는 내가 '개'에게 맞을 수는 없잖아. 극 I인 나도 대범한 I로 변할 수 있다는 걸 그때 깨달았지. 내 안에 그렇게 커다란 용기와 분노가 숨어 있을 줄은 절대 생각할 수 없는 일이었으니까.

상황을 지켜보던 소율이가 큰 결심을 한 듯한 표정을 하고서 내 곁으로 성큼성큼 다가왔어. 평소에도 씩씩했던 소율이는 엄청 큰 소리로 이렇게 말했어.

"'공쥬맘'이 더 잘 춘다고 생각하는 사람 여기 추가요! 또 다른 사람 있으면 바로 붙으시길!"

소율이의 말이 끝나자마자 패거리의 절반이 떨어져 나왔어. '개'는 기가 막힌다는 듯이 나머지 절반의 애들과 함께 자기 자리로 돌아갔지. 나는 긴장이 풀린 채로 미소를 지었어. 우리 엄마를 응원하는 반 친구들이 있다니. 내가 자리로 돌아가려는데, 소율이가 먼저 내게 말을 걸어왔어.

"루리야, 너도 현이 오빠 팬이지?"

"어떻게 알았어?"

"이거 보면 다 알지."

소율이가 내 필통에 있던 펜을 가리켰어. 현이 오빠 캐릭터인 '야옹이'가 그려진 펜이었거든. 소율이는 메인 보컬인 정훈 오빠가 최애라고 하면서 이번 팝업에 다녀왔냐고 물어봤어. 자기는 정훈 오빠 포카를 겨우 현장 교환해서 가져왔다면서, 기다리기는 힘들어도 현장 교환하는 거 재밌지 않냐고 했어. 나도 그렇다고 했지. 내가 뽑은 포카를 들고, 서로의 최애를 찾으면서 모르는 사람과 소통하는 일이 어디 흔한 경험이야? 그 안에서는 모두 다 오빠들의 팬이잖아.

소율이는 앞으로 잘 지내보자면서 동그란 안경을 살짝 올리더니 함박웃음을 지었어. 그러면서 같이 급식을 먹자는 거야. 나는 놀랐어. 누군가 그렇게 먼저 다가와 준 건 정말 내 인생 16년 동안 민준이 말고는 없었거든. 특히 여자 친구들은 더욱 없었지. 언젠가는 뒤에서 내 인상이 차갑다는 말도 들었어. 그냥 약간 낯을 가려서 굳은 표정을 지었을 뿐인데 좀 억울했었어. 그건 그렇고, 난 원래 민준이랑 같이 급식을 먹잖아. 그래서 소율이랑 같이 먹는 것도 괜찮겠냐고 민준이한데 물었더니, 녀석은 "뭐 어때?" 하면서 쿨하게 대답하는 거야.

점심시간이 되자, 소율이가 다가와 내게 팔짱을 꼈어. 나는 살짝 부끄러웠어. 그런 나를 보자 소율이는 자기가 극 E라고 하더라고. 우리를 보고 있던 민준이는 "뭐냐? 둘이 친해?"라고 물어봤고, 소율이는 "그럼, 안 돼?" 했지. 민준이는 못 말린다며 웃었어. 소율이랑 민준이랑 함께 급식실로 내려가는데 기분이 이상하더라. 내게도 친구들이 있구나, 하는 마음 때문에 말이야. 그날 점심은 진짜 꿀맛이었어. 우린 분위기 좋게 많은 얘기를 나눴지.

민준이랑 둘이 있을 때는 말이 끊길 때가 많았는데, 소율이가 있으니까 이야기가 계속 이어지더라고. 그 말 없는 정민준도 신나게 웃었고 말이야. 맞아! 소율이는 진정한 핵인싸였어. 근데 왜 '걔'랑 같이 지냈을까? 나는 조심스럽게 물어봤지. 소율이는 심각한 표정으로 말했어. 그냥, 현이 오빠랑 너무 친한 척하길래 진짠가 하고 단순한 호기심으로 같이 놀았다는 거야.

근데 '걔'의 잘난 척이 너무 심했대. 그리고 소율이의 최애, 정훈 오빠를 무시하는 말을 자주 해서 가뜩이나 열받아 있었고, '공쥬맘' 릴스도 진짜 대단하다고 생각했는데, '걔'는 자기 언니 얘기만 하면서 또 무시했대. 소율이는 더 이상 참을 수가 없었다고 했어. '걔'는 늘 자기 할 말만 하고, 남의 얘기는 듣지도 않았대. 말만 들어도 정말 별로였어. 나랑 민준이는 화날 만하다며 고개를 끄덕였지. 소율이가 감동한 눈빛으로 우리에게 말했어.

"진짜 등잔 밑이 어둡다는 옛날 말씀이 옳다니까. 너희같이 좋은 친구들을 두고 내가 왜 시간 낭비를 했냔 말이지. 루리, 민준, 우리 이제 베프 하자. 처음부터 이렇게 말이 통하는 애들은 너희가 처음이라고!"

"그러시든가요. 앞으로 잘 지내보시죠."

"와, 천하의 정민준이 그렇게 말하다니."

나는 민준이를 보면서 웃음이 나왔어. 아무에게나 쉽게 마음을 주지 않는 애인데, 민준이도 솔직하고 유쾌한 소율이가 마음에 들었나 봐.

"뭐야, 나 지금 민준이한테 인정받아서 좋아해야 하는 거야?"

소율이는 정색했고, 나랑 민준이는 같이 웃었어. 근데 소율이가 갑자기 심각한 눈빛으로 우리를 바라봤지.

"아, 근데 너희 진로는 정했냐? 담임쌤이 진로 계획서 써서 내라고 했잖아."

"맞다, 그랬지."

나는 민준이를 쳐다봤어. 민준이는 '아직'이라는 표정이었지. 나도 '아직'이라는 표정을 지었더니 소율이가 목을 가다듬고 조용히 속삭였어.

"얘들아, 이건 내가 너희를 정말 믿기에 말할 수 있는 거다. 나는 사실 평범한 중학생이 아니야."

"갑자기 뭔 소리야."

민준이가 대꾸하자 소율이가 우리에게 가까이 모이라는 시늉을 하는 거야.

"아직 '공쥬맘'님보다는 못하지만, 나도 나름 인별에서 유명한 사람이야. 들어는 봤니? '달댜구뤄'라고."

"달댜구뤄 작가님?"

나는 나도 모르게 소리를 질렀어. 인별에서 오빠들 인별툰 그리는 유명한 작가님들 중 한 명이 바로 달댜구뤼 작가님이야. 내가 팔로잉하고 그렇게나 자주 방문했던 계정의 작가님이 소율이라니. 아니, 어떻게 이런 일이. 이런 꿈만 같은 일들이 계속 일어나도 되는 걸까?

"달댜구뤼가 뭐야?"

아무것도 모르는 민준이를 위해 내가 소율이의 계정을 보여 줬어. 계정을 본 민준이가 소율이에게 말했어.

"그림 좀 그리는데?"

"그럼, 이 몸이 그림 하나는 끝내줘요. 그래서 지금 엄빠랑 깊게 대화 중이야. 내가 외동이거든."

"어? 우리 다 외동인데?"

내 말에 소율이는 나랑 민준이를 보면서 "정말? 진짜?"라고 되물었어. 우리 셋은 정말 통하는 게 많았어.

"아무튼 엄빠랑 얘기 중인데 그림을 배울 수 있는 학교를 선택하고 싶어. 늦었지만, 애니고나 예고 한번 준비해 볼까 해서. 요즘 새로 생긴 예고가 내신보다도 실기 위주라 해 볼 만해."

나는 갑자기 궁금증이 몰려왔어.

"혹시 학과 같은 거 다양하게 있어? 예고는 학과 같은 거 정해서 입학해야 하잖아."

"응, 내가 알기론 요즘 생기는 예고들엔 기존 학과뿐 아니라 보컬, 댄스, 영상까지 웬만한 과는 거의 다 있는 것 같던데?"

나는 '영상'이라는 두 글자에 가슴이 훅 하고 뛰었어. 근데 민준이가 오히려 소율이에게 예고에 관해 폭풍 질문을 쏟아 내는 거야. 소율이는 놀라서 얼떨결에 자기 패드를 꺼내더니 몇 곳 정도 학교 사이트를 연결해서 보여 줬지.

민준이가 패드를 보더니 흥분된 표정으로 말했어.

"다 마음에 드는데?"

나는 어이가 없었어. 과학고 준비하는 애가 뭔 소리를 하는 건가 싶어서. 그냥 학교 건물이 좋다는 건가 했어. 그러더니 자기 스마트폰으로 몇몇 학교들을 즐겨찾기해 놓더라고. 물론 나도 몇 학교들을 즐겨찾기했지. 소율이는 자기랑 같이 이런 말을 나눌 수 있는 나랑 민준이가 너무 좋다면서, 다른 학교도 알아보고 있으니까 필요하면 언제든지 말하라고 했어.

* ♪ *

수업이 다 끝난 뒤, 소율이는 먼저 버스를 타고 떠났어. 시간도 애매하던 차에 민준이한테 지금 어버이날 선물 사러 갈까, 하고 말했더니 민준이는 절대 안 된다고 하더라고. 꼭 저녁 7시에 만나야 한다는 거야. 지금이 4시 30분인데. 대체 왜?

나는 일단 알겠다고 말하고 바로 집으로 돌아왔어. 숙제 좀 하고 오빠들 영상 보다가, 아까 소율이가 말한 학교들을 찾다 보니 금방 6시 30분이 되었어. 엄마로부터 메시지가 왔어. 엄마는 오늘 일 끝나고 소진 이모를 잠깐 만나고 오겠다더라고. 그래도 밤 12시 전에는 들어오겠다면서, 민준이랑 같이 꼭 저녁 챙겨 먹으라고 했어. 난 엄마에게 알겠다는 답장을 보냈어.

민준이를 만나러 가야 하니까 거울을 보며 외모 체크를 하려는 데 그날따라 이상하게 긴장이 되는 거야. 분명 어버이날 선물을 사러 가는 건데, 그냥 예쁘게 하고 나가고 싶었어. 세수도 다시 하고 화장도 다시 하고, 긴 청치마에 카디건을 입어 볼까 하다가 괜히 평소에 안 하던 짓 하지 말자 싶어서 현이 오빠 만나러 갈 때 입었던 옷을 다시 꺼내서 입었지. 앞머리 고데기도 잊지 않았고.

현관 앞에서 마지막 외모 체크를 마친 나는 당당한 발걸음으로 약속 장소인 단지 앞 호수공원 쪽으로 갔어. 평소에도 성실한 민준이는 벌써 와 있었는데…… 난 두 눈을 의심했어. 민준이가 왜 현이 오빠 데뷔 때 얼굴처럼 보이는 거지? 민준이가 앞머리를 그렇게 길렀는지 평소에는 몰랐거든. 앞머리를 내리고 검은색 벌룬 팬츠에 스트라이프 니트를 입은 모습이 딱 데뷔 초에 활동했던 오빠의 모습이었어. 나는 고개를 저었지. '저건 정민준이지 절대 현이 오빠가 아니야!'

그때는 7시였지만 우리를 둘러싼 세상은 꽤 밝았고, 민준이의 미소가 저녁노을처럼 예뻤어.

"정민준, 일찍 왔네."

"그냥 그렇게 됐다. 가자."

"뭐야, 갑자기. 소진 이모 선물은 어떤 걸로 할 거야?"

"우리 엄마? 고민 중이야. 엄마가 갖고 싶어 하는 게 너무 많아."

"소진 이모가 갖고 싶은 거 말해 줬어?"

"엄청 많이. 너는?"

"나는 엄마랑 커플 팔찌 하려고."

"괜찮은데?"

"그치? 쇼핑몰 3층에 가면 실을 엮어서 만든 팔찌랑 반지 파는 데가 있거든. 거기 가서 사려고. 거기 모자도 파니까 한번 봐봐. 소진 이모는 모자를 좋아하잖아."

"오, 좋은 생각인데? 그럼, 선물 먼저 사고, 1층에 가서 꽃 사면 되겠다."

나는 알겠다며 고개를 끄덕였고, 우린 지는 해를 등지고 걸었어. 그렇게 걷다 보니까 금방 쇼핑몰에 도착했지. 근데 막상 가게에 들어가니까 다 좋아 보여서 어떤 걸 사야 할지 정말 고민이 되는 거야. 민준이랑 팔찌도 차 보고, 반지도 껴 보고 하니까 어느새 기운이 다 빠져 버렸어. 나는 겨우 초록색과 검은색 실이 섞여 있는 팔찌를 두 개 샀지. 민준이는 보라색 볼캡을 샀고.

꽃가게에 가서는 둘 다 핑크색 카네이션이 담긴 작은 꽃바구니를 하나씩 샀어. 빨간 카네이션은 너무 흔하다는 우리 둘의 생각이 통했달까. 민준이와 나는 집으로 돌아가는 길에 초코우유를 하나씩 마셨어. 밤 10시를 약간 넘긴 시간이었지.

"이루리, 잠깐 놀이터에 들렀다 가자."

"어, 그래."

나도 다리가 아파서 그러자고 했어. 우리는 언제나 그렇듯 그네 앞에 있는 벤치에 앉았어. 그날따라 민준이가 자꾸 헛기침을 하더라고.

"왜 그래? 목에 뭐 걸렸어?"

"그런 거 아니거든."

"그럼 왜 그러는데?"

"야, 이루리!"

나는 깜짝 놀랐어. 민준이가 큰 소리로 내 이름을 부르면서 자리에서 벌떡 일어나서는 나를 무섭게 쳐다보는 거야.

"깜짝이야! 왜 그래?"

"나, 너한테 할 말 있어."

"무슨 말인지는 몰라도 좀 앉아서 해. 놀랐잖아."

"아니, 서서 말할 거야. 우선, 이거 받아라."

민준이가 주머니에서 작은 봉투를 하나 꺼냈어. 나는 가만히 봉투를 열어 봤지. 은색 실반지가 여러 개 들어 있었어.

"이게 뭐야?"

"엄마랑 같이 골랐어. 차고 다녀. 생일 선물."

나는 소진 이모가 같이 골라 줬다니 한층 더 마음에 들었어.

"고마워! 예쁘네."

"그리고 나 현이 형네 기획사 오디션, 1차 합격했어. 오늘 6시 55분에 메시지가 왔다."

"어, 어?"

이게 무슨 소리야? 정민준이 지금 무슨 말을 하는 거야? 나는 자리에서 벌떡 일어나 민준이의 두 팔을 붙잡았어.

"야! 정민준! 네가 오빠 기획사에, 아니 그러니까, 뭐라는 거야?"

"다음 주에 2차 볼 거고, 또 합격해서 3차, 4차, 5차 다 통과해서 나도 아이돌 할 거라고!"

대체 민준이가 무슨 소리를 하고 있는 건지. 과학고를 준비하는 정민준이 아이돌이 되겠대. 그래서 예고에 급 관심을 보인 거야? 7시에 만나자는 건 합격 메시지 때문이고?

"과학고는 어찌고?"

"왜? 나는 현이 형처럼 아이돌 하면 안 되냐?"

어느새 민준이가 내 두 팔을 꽉 쥐고 있었어. 민준이의 기가 갑자기 더 커진 것 같더라고. 내가 평소보다 고개를 약간 더 들어서 민준이를 쳐다보고 있었으니까.

"과학자 되겠다면서! 대체 아이돌을 왜 하겠다는 거야?"

"너, 아이돌 좋아하잖아."

"그게 무슨 소리야. 내가 아이돌을 좋아하는 거랑……."

"아이돌 하면 네가 날 좋아해 줄 거라는 결론에서다. 나, 현이 형보다 더 멋있어질 거니까. 그러니까 지금 고백하는 거야. 너 좋아한다고!"

나는 가슴에 뭔가가 쿵 하고 떨어지는 기분이 들었어. 내가 고백을 받다니. 그것도 민준이에게서? 우선 민준이 1차 오디션 합격 축하를 먼저 해야겠지? 난 마음을 다잡으려고 숨을 크게 내쉬었어.

"1차 합격 축하하고, 그리고 난 네가 아이돌이 아니어도 좋아하거든?"

"나 진짜 심각하다."

"나도 너 좋다고. 넌 몰랐겠지만. 근데 아직 사귀는 건 좀 그래."

"당장 사귀자고 말한 거 아니야."

민준이는 긴장이 풀렸는지 허탈한 웃음을 지었어. 나는 민준이랑 다시 자리에 앉아서 남은 초코우유를 마셨지. 달콤한 아카시아 꽃향기가 느껴지더라. 난 하늘 위에 있는 구름에 가볍게 날아올라 헤엄치는 기분이 들었어.

"너 혹시, 소진 이모랑 말 안 한 것도 오디션 때문이었어?"

"응, 엄마 몰래 학원 실장님한테 부탁해서 봤거든. 엄마가 알았으면 절대 못 보게 했을걸?"

나는 어두운 표정을 지었어. 민준이가 우수한 성적으로 과학 경시대회에서 상 받을 때마다 기뻐하던 이모였거든.

"나 때문에 그럴 필요는 없는데."

"시작은 너 때문이었는데 지금은 내가 아이돌이 되고 싶어서 그래."

"민준아, 넌 왜 아이돌이 되고 싶어?"

"많은 사람들에게 힘을 주는 사람이 되고 싶고, 많은 사람들로 부터 사랑받는 사람이 되고 싶어서."

"그거 어디서 많이 들어 본 말이다."

"현이 형이 했던 말."

민준이는 진심이라고 했어. 그동안 공부를 잘하니까 막연히 과학자가 되어야 하나 싶었는데 춤을 추면서 여러 생각들이 들었대. 다른 댄서들의 영상을 보면서 매일 연습하고 고민하는 소진 이모의 영향도 있었고, 앞으로 소진 이모보다 더 춤을 잘 추는 사람이 되고 싶다고도 했어.

"민준아, 너는 춤출 때 어떤 기분이 들어?"

"나? 아무 생각도 안 들어. 그냥 혼자 있는 느낌?"

"어? 나도 영상 찍을 때 그런데."

"진짜? 근데 너 이모 릴스 잘 찍긴 했더라."

"칭찬 고맙다."

"나중에 나도 찍어 줘."

"마라 떡볶이 사 주면?"

"그 정도야 그냥 사 주지."

우린 앞으로의 계획 같은 것들을 이야기하다 자리에서 일어났어. 민준이는 지금 다니던 학원을 다 끊고, 소진 이모 학원에서 하루 종일 연습만 할 계획이래. 그러더니 자기 스마트폰에 틈틈이 써 왔던 가사들도 보여 줬어. 랩도 있고, 노래 가사도 있고. 내가 멋지다고 했더니 부끄럽다면서 머리를 긁적였어.

나는 민준이와 헤어져서 집에 들어오자마자 선물로 받은 반지를 꺼냈어. 실반지가 여러 개라 여기저기 껴 봤지. 은색이 나한테 잘 어울리더라고. 사실 나, 반지 선물을 받은 거 처음이야! 더군다나 남자한테서! 물론 아직 남사친이긴 하지만. 민준이가 내 첫사랑이었던 건 맞는데 지금껏 계속 친구로 지내다가 바로 사귀려니까 좀 그런 거 있지? 그래도 착한 민준이는 내 마음이 정리될 때까지 기다려 준다고 했어. 민준이랑 내가 사귀게 될 날이 오다니! 어색하지만 기쁜 마음은 어쩔 수가 없다.

* ♪ *

엄마가 집에 도착하자마자 나는 빨리 소파로 와서 앉아 보라고 했어. 엄마는 탁자에 있던 분홍색 카네이션을 보더니 대뜸 향기를 맡더라고.

"꽃향기 너무 좋다."

"그래? 핑크색이 예뻐서 샀는데."

"완전 엄마 취향 저격. 우리 공쥬, 뭐 하고 있었어?"

"짠, 엄마, 이거 봐라."

나는 엄마를 향해 두 손을 활짝 폈어.

"반지 아니야?"

"민준이가 생일 선물로 줬어. 소진 이모랑 같이 골랐대."

"공쥬랑 완전 찰떡이다."

엄마는 내 손을 이리저리 살피면서 만족스러운 표정을 지었어. 나도 그렇다고 대답하고는 팔찌가 담긴 작은 쇼핑백을 가져왔어.

"엄마, 이건 엄마 선물."

"내 선물? 뭘까?"

엄마는 쇼핑백에서 팔찌를 꺼내 들더니 기뻐 덩실거렸어. 그렇게 춤을 출 만큼 좋을까?

"이거 엄마 어릴 때도 유행이었는데 엄마가 초록색 좋아하는 건 또 어떻게 알고."

"엄마랑 커플 팔찌 하려고 두 개 사 왔어. 엄마 손목 줘 봐."

나는 엄마의 손목에 실 팔찌를 채웠어. 엄마도 내 손목을 턱 하니 가져가더니 실 팔찌를 채워 줬지. 우린 동시에 소파에 기대서 손을 들어 올렸어. 실 팔찌는 엄마의 손목에서 그 어떤 보석보다도 밝게 빛났어.

"좋다. 공쥬한테 선물도 받고."

"진짜?"

"그럼, 나 이거 끊어질 때까지 차고 다닐 거야."

"응, 끊어지면 내가 또 사 줄 테니까 그렇게 해."

1, 2초쯤 침묵이 흐르다 엄마랑 나는 동시에 말했어. 마치 짜기라도 한 것처럼.

"아! 공쥬, 나 할 말이 있는데."

"그게, 엄마 나 할 말이 있는데."

엄마랑 나는 웃으며 서로 먼저 말해 보라고 했어. 나는 엄마의 말을 먼저 듣고 싶었지. 엄마가 "잠깐만" 하고는 안방으로 들어가더니 커다란 봉투를 가지고 나왔어.

"공쥬, 조금 미리 생일 축하."

"엄마, 이게 뭐야?"

쇼핑백 안엔 내가 그토록 갖고 싶었던 미러리스 카메라와 마이크, 삼각대, 나머지 영상 촬영에 필요한 모든 것들이 들어 있었지.

"이게 내 선물이라고?"

"엄마가 공쥬 주려고 샀지. 엄마도 예쁘게 찍어 주고, 공쥬가 찍고 싶은 거 있음 다 찍으라고."

"엄마도 예쁘게 찍으라고? 그럼, 엄마, 앞으로도 계속 릴스 찍겠다는 거야?"

"공쥬가 잘 찍어 준다는데 당연히 해야지."

"엄마!"

나는 와락 눈물을 쏟으며 엄마에게 안겼어. 나, 진짜 엄마의 릴스를 계속 찍고 싶었거든. 엄마의 행복한 모습을 계속 보고 싶었으니까. 엄마가 거절할까 봐 얼마나 걱정했던지 그 걱정을 쓴 패드의 메모장만 몇 개의 파일인지 몰라. 근데 엄마가 계속하겠다고 하니까 너무 좋은 거야. 그동안의 걱정은 어느덧 날개를 달고 어딘가로 훨훨 날아가는 것 같았어.

"그리고 루리야, 엄마 학원 그만둘까 해."

"어?"

"사실 엄마, 많이 고민했어."

"무슨 고민?"

"일 좀 줄이고 쉴까 하는 고민. 언니 오빠들 대학 보내는 것도 좋은데, 뭔가 엄마 삶은 균형이 잡히지 않더라고. 엄마도 꿈을 갖고 열정을 쏟을 곳이 없을까 했거든. 일단 당분간은 파트로 학원 일하면서 다시 춤을 춰 볼까 해."

나는 엄마의 손을 덥석 잡았어.

"엄마, 나는 완전 찬성. 엄마가 지금처럼 자유롭게 춤췄으면 좋겠어. 나비처럼."

"엄마가 나비처럼 춤을 춰?"

"응, 다른 데로 훨훨 날아가지만 마."

엄마는 알겠다면서 큰 소리로 웃었어. 나는 민준이 생각이 났지.

"엄마, 그럼 민준이랑 같이 연습하겠네?"

"민준이가 얘기했어?"

"뭐야, 민준이 오디션 합격한 거 벌써 알고 있었어?"

"아니야, 방금 소진이한테 들어서 알았어."

소진 이모는 엄청 화가 나 있었지만, 민준이의 열정에 두 손 두 발 다 들었다고 하더라고. 하긴, 정민준이 한 똥고집이지. 엄마는 실 팔찌를 만지작거렸어.

"우리 공주 덕분에 며칠 사이, 엄마 삶이 많이 변했네. 엄마는 말이야, 항상 그런 상상을 했었어. 자고 일어나면 모든 게 확 하고 바뀌면 얼마나 좋을까 하고."

나는 깜짝 놀랐어. 나도 그런 적이 정말 많았거든. 내가 생각하고 있었던 상상을 엄마도 하고 있었다니. 엄마는 그러면서 지금이 마치 꿈같다고 말했어. 나도 그래. 정말 깨고 싶지 않은 꿈.

"우리 그동안 열심히 살았잖아? 엄마는 일하고 너는 학교생활 잘하려고 애쓰고."

"맞아. 나 뭐든지 열심히 하려고는 했어."

"그래서 오늘이 온 거니까 우리 앞으로도 더 잘해 봐야지. 그런 의미에서!"

엄마는 신나는 발걸음으로 안방에 있던 검은색 폴라로이드를 가지고 나왔어. 어릴 적 엄마의 취미도 지금의 나처럼 딱 두 개가 있었는데, 바로 춤과 폴라로이드 사진 찍기였대. 매일 한 장씩 사진을 찍어서 연습장에 붙이고 일기처럼 생각도 적어 보고 그랬대. 엄마는 능숙하게 사진 찍을 준비를 했지. 나는 팔찌를 차고 있는 우리의 손이 잘 보이게 찍어 보자고 했어.

찰칵하는 소리가 나자, 카메라가 필름을 뱉어 내듯 뽑아냈어. 매번 현이 오빠 싸풀 찍는 것만 보다가, 엄마랑 같이 찍으니까 색다르고 좋더라고. 이 사진은 엄마가 냉장고 문에 고이 붙여 뒀어. 물론 날짜랑 제목은 내가 적었고.

사진을 바라보다 내가 지금보다 더 어렸을 때, 엄마와 사진을 찍었던 기억이 떠올랐어. 어느 순간부터 엄마는 더 이상 사진을 찍지 않았는데 앞으로는 자주 찍을 일이 생기지 않을까? 엄마는 내 옆에 서서 귀를 쫑긋 세우는 행동을 했어. 엄마 얘기가 끝났으니까 이제 나더러 얘기해 보라는 의미겠지. 우리는 다시 소파에 앉았어.

* ♪ *

나는 내가 절대 즉흥적으로 진로를 결정했다고 생각하지 않아. 너두 알겠지만, 나는 며칠 전까지 미래에 대해 아무런 상상도 할 수 없을 정도로 재미없는 삶을 살았어. 지루한 일상에서 이루리라는 작은 배가 바다에 홀로 둥둥 떠다니는 느낌이었지. 어떤 사람을 만나도 만족스럽지 않고, 어떤 이야기를 나눠도 가슴에 와닿는 게 없었어.

엄마가 춤을 출 때 자유로움을 느끼는 것처럼, 나 역시 영상을 찍고 편집할 때 가장 자유로운 기분을 느껴. 나만의 색으로 채운 영상을 보고 있으면 나도 몰랐던 내가 그 영상 속에서 살아 움직이면서 영상에서 재생되는 모든 사물과 대상들과 함께 이야기하는 것 같은 기분이 들거든. 영상 속은 나만의 세상이었고 정말 꿈 같은 일들이 펼쳐지는 곳이었지.

물론 어떤 날은 잘 찍히고, 또 어떤 날은 마음에 들지 않게 찍히기도 했지만 포기하지 않고 꾸준히 무언가를 했던 건 영상이 처음이었던 것 같아. 그 영상 파일들은 내가 살아 있다는 증거이자, 내가 열심히 살고 있었다는 증거이기도 했어.

나는 이 말들을 그대로 엄마에게 전했어. 엄마는 놀라면서도 내 얘기에 귀를 기울여 줬지. 그럴 만해. 엄마한테 단 한 번도 내 꿈이나 미래의 모습에 대해 먼저 말한 적이 없었으니까. 엄마도 내게 진로나 꿈에 대해 강요한 적은 없었고.

엄마는 그냥 내가 좋아하는 일들을 하면서 살았으면 좋겠다고 했었어. 하지만 세상에서는 유명한 대학에 가고, '사' 자로 끝나는 직업을 갖거나 대기업에 취업해 돈을 많이 버는 사람이 성공한 거라고 말하잖아. 나도 그런 사람이 돼서 홀로 일하는 엄마에게 도움이 되고 싶었어. 미래에 대해 고민하다 보면 내 마음속에 숨어 있던 나쁜 내가 이렇게 말하는 소리가 들려. '이대로 어른이 된다면, 너는 그냥 별 볼일 없는 인간이 되어 미래에도 무료한 삶을 살아갈 거고, 엄마 걱정이나 시키는 바보 같은 딸이 될 거야. 그러

니까 그냥 세상이 시키는 거라도 제대로 하면서 살아가기나 해.'

근데 어쩌지? 이젠 내가 꿈꾸는 미래를 위해 그런 생각 따위에 흔들리지 않을 거야. 나는 결심했어. 내가 좋아하는 영상을 많이 찍어서 꼭 성공할 거라는 결심. 그러니까 고등학교에서도 대학교에서도 난 열심히 영상을 공부해야만 해. 엄마가 내 얘기를 듣더니 갑자기 박수를 치기 시작했어.

"공쥬, 엄마는 공쥬가 꿈을 이룰 수 있도록 앞으로 최선을 다해서 응원할 거야."

"엄마, 정말이야? 나 소율이가 말했던 예고 알아봐도 된다는 거지?"

"왜 너만 알아봐. 엄마랑 같이 알아봐야지. 소진이한테도 물어보자. 그렇다면 우선 고등학교랑 대학까지의 계획은 잘 들었고, 공쥬의 마지막 꿈은 뭔지 매우 궁금한데?"

"당연히 오빠들 뮤비 찍어야지."

"공쥬가 찍으면 짧은 시간에 뮤비 조회수 몇백만은 그냥 넘기겠다."

"난 자신 있어. 지금부터 엄청 열심히 나만의 색깔을 만들어 갈 거니까."

"그럼, 나중에 엄마 댄스 뮤비 같은 것도 찍어 주라."

"물론이지. 나한테 맡겨."

우리 엄마는 내가 더 잘 찍어 줄 수 있지. 릴스 찍으면서 생각나는 대로 스토리보드 만들어서 꼭 엄마만의 멋진 뮤비를 찍어 주겠다고 약속했어.

"루리야, 엄마 정말 행복하다. 루리가 엄마 딸이어서."

"정말?"

"그럼, 하나밖에 없는 나의 귀여운 공쥬."

엄마는 내 볼에 뽀뽀하려고 했고 나는 피하느라 바빴어. 엄마는 한번 뽀뽀를 시작하면 계속하니까. 이제 나도 열여섯 살이잖아. 엄마가 뽀뽀 좀 덜 해 주면 좋겠다고 생각할 때가 있어. 엄마는 나의 저항에 어쩔 수 없이 뽀뽀하기를 포기했어.

"내일 학교 끝나면 우리 공쥬 생일도 축하할 겸 소진 이모랑 민준이랑 다 같이 저녁 먹자."

"좋지."

아참, 엄마만 모르는 사실이 있는데 내일 민이 아저씨도 올 거야. 이미 얘기 끝났거든. 나, 소진 이모, 민이 아저씨 셋 만의 비밀이 또 생겼네. 나는 그냥 엄마가 좋아하는 사람을 만나서 행복하게 살았으면 좋겠어. 엄마는 아빠랑 함께였을 땐 항상 웃었는데 한동안 웃는 걸 본 적이 없었거든. 요즘 민이 아저씨를 만나고 나서야 엄만 아빠가 살아 있을 때처럼 웃어. 좋아하는 게 뭔지, 어른들의 사랑이 뭔지는 잘 모르겠지만, 그래도 민이 아저씨라면 아빠도 괜찮다고 해 줄 것 같았어. 민이 아저씨를 만난다고 아빠와의 추억이 담긴 나와 엄마의 기억 상자가 사라지는 건 아니니까.

엄마, 아빠, 소진 이모, 민준이, 소율이, 민이 아저씨까지. 소중한 사람들의 모습이 한꺼번에 떠올라 맘속 깊은 곳에서 울컥한 기분이 올라왔어. 나는 창피한 마음에 엄마에게 자러 간다고 둘러댔지. 내 눈물방울이 엄마가 선물로 준 카메라 가방에 떨어졌어. 이렇게 기쁜 날에 눈물이나 흘리고 있다니. 나는 씩씩하게 눈물을 닦아 낸 뒤, 엄마와 나, 그동안 많이 외로웠던 만큼 앞으로는 우리와 마음 맞는 사람들이 더 많이 생겼으면 좋겠다는 바람을 기도하듯 패드에 적어 내려갔어.

Track List 8.

Reach For The Stars

꼭 가고 말 거야. 그곳에서 널 만나면, 난 미소 지으며
우리 여정이 헛되지 않았음을 깨닫겠지.

이제 너에게 쓰는 편지도 거의 마무리가 되어 가는 것 같아. 5월 8일 0시. 내 생일에 있었던 이야기까지 하게 됐네. 자정이 되자마자 스마트폰의 메시지 알람이 울리기 시작했어. 엄마는 엄청 큰 하트와 함께 춤추는 강아지 이모티콘을 보내 줬는데 너무 귀엽더라고. 내가 귀여운 거에는 약하거든. 소진 이모는 케이크 이모티콘을 보내 줬고. 민준이? 걔는 스마트폰에 있는 모든 하트 이모티콘을 다 찍어서 보냈지.

가장 놀랐던 건 소율이였어. 사귄 지 하루밖에 안 된 친구니까 오늘이 내 생일이라고 말도 못 했는데 민준이가 알려 줬나 봐. 어버이날이 생일이라 절대 안 까먹을 것 같다면서 내 얼굴을 진짜 귀엽고 깜찍하게 그려서 보내 줬어. 오빠들 생일 축전에서나 보던 거를 친구한테 받아 보다니! 정말 감동이었어. 그리고 마지막은 민이 아저씨! 예쁘게 포장된 '야옹이' 인형을 사진 찍어서 보내 주셨어. 만나면 전해 줄 거라면서. 그 인형, 현이 오빠 캐릭터 인형이라 완전 현이 오빠랑 똑같이 생겼다? 현이 오빠는 웃으면 반달눈이 되거든. 뾰족한 귀도 진짜 말랑해 보였어.

나는 모든 메시지에 감사함을 담아 답장을 보내는 중이었지. 근데 엄마가 "똑똑, 들어가도 되겠습니까?" 하는 거야. 나는 "넵!" 하고 대답했어.

"공쥬, 내가 정말 중요한 걸 잊었지 뭐야."

"뭔데 그래?"

"바로 이거."

엄마는 보라색 카드 하나를 내밀었고 나는 얼떨결에 카드를 받아 들었어.

"이게 뭐야?"

"뭐긴. 현이 오빠의 선물이지."

"와, 와! 정말이야?"

쿵, 쿵, 쿵쿵쿵. 빠르게 뛰는 심장 소리가 귓가를 울리기 시작했어.

HBD, 루리.

네가 찾아갈 꿈을 위한 여정에 우리의 노래가 언제나 함께하길.

— 루리의 영원한 야옹이 오빠, 김현

나는 깜짝 놀라서 엄마한테 대체 어떻게 된 거냐고 물었어. 엄마가 릴스 찍으러 오빠네 회사에 가기 전에, 영상팀 언니에게 간절한 마음을 담아 부탁했다는 거야. 혹여라도 부담스러우면 거절해도 된다고까지 말하면서. 내 생일을 현이 오빠가 축하해 줬으면 좋겠다는 생각에 엄마가 그렇게 했다는 거야.

"엄마, 정말 어떻게 고맙다고 말해야 할지 모르겠어."

"엄마는 공쥬가 행복하기만 하면 돼! 늦었으니까 얼른 주무셔."

엄마는 내 머리를 쓰다듬어 주고는 나갔어. 엄마 말대로 늦었으니까 잠을 자야 하는데 이 상황에 잠이 오겠냔 말이지. 나는 현이 오빠가 직접 써 준 카드를 펼쳐서 한동안 읽고 또 읽었어.

가끔 현이 오빠가 아주 멀게 느껴질 때가 있었는데, 그에 비하면 지금은 엄청 가까워진 것 같기도 해. 직접 만나서 같이 사진도 찍었고 오빠 글씨가 담긴 생일 카드도 받았으니까. 라방에서 현이 오빠가 자주 하는 말이 있어. "우리 앞으로도 좋은 추억 많이 만들어요." 나는 항상 그랬듯이 현이 오빠를 열심히 응원할 거야. 현이 오빠와 앞으로도 잘 지내고 싶어.

* ♪ *

드디어 내 생일날 아침이 밝았어. 하지만 나는 내 얼굴을 보고 경악했지. 현이 오빠 떠올리랴, 카메라 작동법 익히랴, 여러 가지를 생각하며 울고 웃고 했더니 얼굴이 퉁퉁 부어 버렸더라고. 그동안 쌓아 놨던 감정이 한 번에 확 하고 터져 나왔나 봐.

이런 걸 성장이라고 하는 걸까? 누군가를 좋아하는 감정이 뭔지 아직 답을 내지 못한 것처럼 성장이라는 것도 뭐라 설명해야 할지 잘 모르겠어. 유딩 때나 초딩 때나 중딩 때나, 나는 그냥 이루리이고, 딱히 변한 건 없거든. 키가 자라고, 좋아하고 싫어하는 것에 관한 약간의 변화가 생기긴 했지만, 과거와 현재의 내가 크게 달라졌다고 생각하지는 않아.

기상 시간이 지났는데도 엄마는 곤히 자고 있었어. 살짝 열려 있는 안방 문 사이로 엄마의 편안한 모습이 보였지. 엄마가 늦잠을 자는 건 절대 있을 수 없는 일인데. 나는 엄마를 깨우지 않으려고 살금살금 걸어가 방문을 잘 닫았어. 그러고는 후다닥 준비해서 바로 학교로 향했지.

그날은 체력 검사를 할 때보다 더 열심히 뛰었던 것 같아. 조례가 시작되기 5분 전에 바로 도착했거든. 너무 숨이 차서 겨우 진정시키고 있는데, 어쩐 일인지 '걔'가 완전 우울한 표정을 하고 조용히 자리에 앉아 있는 거야. '걔'의 패거리였던 애들은 정신없이 떠들고 웃느라 바쁜데 말이지. 민준이랑 소율이가 먼저 알은체하더니 내 옆으로 다가왔어. 나도 인사를 건네고 '걔'를 가리켰지.

"쟤, 왜 저래?"

소율이가 팔짱을 끼고는 고개를 저으면서 말했어.

"아, 팝업 후기 SNS 이벤트에서 여덟 명 추첨하는 거 있었잖아. 현이 오빠 사인이 담긴 MD 주는 거, 그거 안 됐다고 저래. 근데 같이 팝업 갔던 옆의 애는 공계로 당첨 DM을 받았나 보더라고. 웃긴 게, 당첨된 애한테 돈 많이 줄 테니까 양도하라고 했는데 그걸 쉽게 주겠냐?"

"현이 오빠에 관한 거라면 다 가져야 직성이 풀리는 애니까."

"누군 다 안 갖고 싶어? 사람이 지켜야 할 선이 있는 거지. 그것도 없이 무슨 덕질을 한다고, 참 불쌍한 인생이다."

어른처럼 말하는 소율이를 본 민준이는 멋지다는 듯이 엄지를 내밀었어.

* ♪ *

조례를 위해 담임쌤이 교실로 들어왔어. 담임쌤은 전에 말했던 진로 계획서를 제출하라고 하시더라고. 나는 가방에서 진로 계획서가 담긴 파일을 꺼냈어. 꼼꼼하게 적은 내 꿈에 대한 계획들을 보니까 뿌듯함이 차오르더라.

수업을 어떻게 들었는지는 거의 기억이 없어. 너무 졸려서 좀비처럼 수업을 들었거든. 눈은 감기지만 희미하게 수업 소리가 들렸고 내 손은 무의식적으로 필기를 하고 있었어. 6교시 내내 그랬지. 집에 갈 때가 되니까 그제야 잠이 확 깨더라고.

수업이 끝나자 나는 예정된 생일 축하 저녁 약속을 위해 민준이랑 지하철역으로 가려고 했어. 혹시 몰라 소율이한테도 같이 갈래, 하고 조심스럽게 물어봤는데, 미술학원에 가야 한다고 하더라고. 소율이와는 아쉬운 대로 다음 날 만나기로 약속했어. 나도 소율이도 밖에서는 처음 보는 거라 서로 기대된다고 하면서 헤어졌지.

* ♪ *

민준이랑 지하철에 올라 자리에 앉았을 때, 갑자기 현이 오빠 라방 알림이 떴어. 내 생일날 보는 현이 오빠의 라방이라니! 이어폰을 안 꽂을 수 없잖아? 화면 속 현이 오빠는 밝게 손을 흔들고 있었어. 다들 뭐 하고 물어뵈서 나는 '소중한 사람들이랑 저녁 먹으러 가요'라고 재빠르게 메시지를 보냈어. 현이 오빠가 내 글을 봤는지, 다들 저녁 맛있게 먹으라는 거야. 앗, 현이 오빠 만났을 때 내 닉네임을 말해 줬어야 했는데 나인지 못 알아봤겠다. 내 닉네임이 뭐냐고? '세젤귀고양이김현'이야. 구릴 수도 있는데 그냥 그러려니 해 줘. 나름, 고민 많이 하고 만든 거니까.

현이 오빠는 힘들고 지칠 때일수록 맛있는 거 많이 먹고 아무 생각 없이 푹 잘 쉬라고 했어. 그렇게 현이 오빠랑 잠깐 시간을 보내고 있는데, 옆에서 이상한 기운이 느껴지는 거야. 민준이가 무섭게 나를 노려보면서 말했어.

"그렇게 좋냐?"

"뭐래."

"현이 형이 그렇게 좋냐고. 아주 입이 귀에 걸려서는."

"오빠가 좋은 걸 어쩌라고."

"나는?"

"내가 지난번에 너도 좋아한다고 했잖아."

"근데 나한테는 절대 그렇게 안 웃어 주잖아."

"아니거든요?"

"아, 됐어."

민준이는 굳이 왜 현이 오빠와 자신을 비교해서 나를 난처하게 만드는지 모르겠어. 민준이의 뾰로통한 표정에 나까지 심각해질 뻔했어. 난 항상 민준이를 보면서 고맙고 행복했는데 민준이는 아직 잘 모르나 봐. 나는 민준이에게 다음 역에서 내리자고 했어.

우리가 내린 역에서 조금만 걸어가면 에이톱스 오빠들의 회사가 나와. 그래서 난 이 근처만 와도 가슴이 두근거려. 오빠들은 일본 스케줄이 있어서 한국에 없지만, 그래도 아쉬운 마음을 달래기 위해 저녁을 다 먹으면 오빠들 회사 앞에서 현이 오빠 포카를 들고 인증샷이라도 찍어야지 했어. 릴스 찍을 때 너무 당황해서 회사 건물을 못 찍었거든. 뭐? 못 말리겠다고? 오빠들이 일하는 곳이란 생각만으로도 기억에 오래도록 담고 싶어서 그러는 거니까 조금 이해해 주면 좋겠다.

지하에서 지상으로 올라오니 아직 해가 지지 않은 번화한 거리에 멋지게 차려입은 사람들이 분주한 개미처럼 걸어 다니고 있었어. 하지만 사람이 너무 많아서인지 현기증이 나서 나도 모르게 민준이의 교복 재킷을 살짝 붙잡았어. 민준이가 오빠 같은 표정을 짓더니 잘 따라오라고 하더라.

민준이는 스마트폰으로 우리 엄마가 미리 보내 준 해물떡볶이집의 지도를 보고 있었어. 오늘의 약속 장소였지. 예전부터 정말가 보고 싶었던 곳이었는데, 멀기도 하고 사람도 많은 맛집이라혼자서 못 갔었거든. 그런 곳에서 생일파티를 하다니, 정말 고마운 일이었지. 진짜 지나가듯이 말한 걸 엄마가 다 기억하고 있었던 거야.

나와 민준이가 식당에 거의 도착했을 때쯤 어른들로부터 일 때문에 한 시간 정도 늦게 도착한다는 연락이 왔어. 우리는 둘 다약간 실망했지만 기다리면서 거리라도 구경하자고 했어. 어른이되면 항상 바쁜 것 같아. 없던 일도 갑자기 생기고.

거리에는 아기자기한 소품가게와 예쁜 옷가게가 많았어. 민준이는 길을 걷다 오버 사이즈 체크 셔츠를 하나 사고 싶다고 했어. 자기가 평소 가고 싶었던 옷가게가 근처에 있다면서. 근데 순간, '우리 지금 데이트 같은 거 하는 건가?' 하는 생각이 확 드는 거야. 괜히 오버하는 거 같아서 민망해졌어. 하지만 원래도 난 민준이와 친구 사이이니까, 옷 정도는 함께 봐 줄 수 있잖아. 마인드컨트롤을 했지.

우린 파란색 간판이 눈에 띄는, 옷으로 가득 찬 3층짜리 매장으로 들어갔어. 남성복이 있는 3층까지 계단으로 걸어 올라가는 동안, 내 심장박동도 계속 커졌어. 이제껏 민준이와 같이 있다고 해서 그렇게까지 심장이 뛴 적은 없었는데 왜 이러나 싶었지. 평소와 똑같이 교복을 입은 모습인데, 먼저 계단을 올라가는 민준이의 뒷모습을 보니 갑자기 얼굴에 열이 나는 거야. 현이 오빠만큼 민준이도 등이 넓었구나.

"야, 이루리!"

"어?"

민준이는 큰 소리로 날 불렀어.

"이루리, 너 또 현이 형 생각하냐? 이거 어떠냐고 몇 번을 물어보냐고!"

민준이가 내게 바짝 다가오더니 회색 체크 셔츠를 내 눈앞으로 내밀었어. 민준이와 이렇게 가까이 있어 본 적이 있었던가?

"자, 잘 어울린다! 와, 정민준, 이거 사라! 아이돌들 남친 짤에 나온 옷 같네. 하하하."

나는 고개를 돌리고는 엄지를 내밀면서 멋쩍은 칭찬을 쏟아 냈어.

"정말? 이거 입으면 남돌 같다는 거지?"

"그럼! 빨리 사서 나갈까?"

아직 돌아오지 못한 정신을 겨우 붙잡고 계산대로 향했는데 거기 서 있던 예쁜 직원 언니가 환하게 웃으면서, "지금 양말 증정 이벤트를 하는데요" 하는 거야. 민준이가 나더러 고르라길래 그 와중에도 난 현이 오빠가 좋아하는 보라색을 골랐어. 가게 밖으로 나와 신선한 바람을 쐬니까 날뛰던 심장이 조금 진정되더라고.

누군가를 좋아하는지의 여부는 심장 소리로 판단 가능하다는 것을 그날 아주 잘 배웠어. 심장 소리는 절대 거짓말을 하지 않아. 너도 만약에 누군가를 보는데 심장이 미친 듯이 두근두근 뛰면, 한 번쯤 진지하게 의심해 봐. 네가 그 사람을 정말 좋아하고 있을지도 몰라.

조금 더워서 우린 옷가게 근처에 있는 망고 스무디 가게로 들어갔어. 창가 자리에 앉아 잠시 쉬는 동안 엄마에게 연락이 왔지. 우린 다시 떡볶이 가게로 향했어.

* ♪ *

내가 그렇게도 가고 싶었던 해물떡볶이 집은 규모가 작아서 테이블도 몇 개 없어. 근데 그날은 평일이고 저녁 시간이라 그런지 외국인 관광객으로 보이는 사람들 세 명이랑 커플로 보이는 언니 오빠 두 명 빼곤 우리밖에 없었지. 가게에 들어서니 엄마, 소진 이모 그리고 민이 아저씨가 동시에 우리를 보면서 인사했어.

엄마가 오늘은 자기가 쏘는 거니까 먹고 싶은 거 다 주문하라고 해서 나랑 민준이는 음식을 왕창 주문했어. 엄청 큰 해물 튀김이 올라간 떡볶이가 테이블 위에 놓인 모습을 보니까 너무 행복하더라고.

소진 이모는 미리 준비해 온 케이크를 꺼냈어. 작은 고양이 모양 케이크가 상자에서 빼꼼 고개를 내미는데, 진짜 너무 귀여웠어! 그렇게 귀여운 고양이 케이크가 이 세상에 존재하고 있었다는 게 믿을 수 없을 정도였지. 연보라색 고양이가 현이 오빠를 닮은 것 같기도 하고, 민준이를 닮은 것 같기도 하고. 아무튼 소진 이모가 나를 위해 직접 주문한 거래. 세상에서 단 하나뿐인 케이크. 이것도 진짜 감동이다!

모두 함께 작은 소리로 생일 축하 노래를 불러 줬어. 나는 촛불을 끄기 전에 두 눈을 꼭 감고 간절하게 소원을 빌었지. '꿈만 같은 이 시간이 영원히 계속되게 해주세요.' 내가 있는 힘껏 촛불을 불자, 소원이 이루어질 것 같은 예감이 들었어. 민이 아저씨는 그런 내게 웃으며 '야옹이' 인형을 안겨 주었지. 난 '야옹이' 인형을 꼭 안았어.

이후로는 모두 배가 고팠는지 한동안 아무 말도 하지 않고 떡볶이를 먹는 데 집중했어. 그런 후에 소진 이모가 제로 사이다를 한 모금 마시더니 말을 꺼냈지.

"이 동네 진짜 오랜만이다. 예전에 거의 살다시피 했는데."

"맞아, 오빠들 공연하거나 배틀한다고 하면 학교 끝나고 와서 구경하고 그랬잖아. 그때는 다들 뭐 그렇게 독기가 올라서 춤을 췄는지."

엄마가 고개를 저었어. 엄마를 보고 있던 민이 아저씨가 단호하게 말했지.

"채새연이 제일 독기 올라 있었는데요?"

"아니거든요? 김소진, 그치?"

"나는 빼 주라. 아니, 오빠랑 새연이는 어째 만나기만 하면 맨날 날을 세우냐?"

"오빠가 먼저 시비를 거는 거야. 그리고 소진이, 너! 오빠 부르는 거 나한텐 얘기도 안 했잖아!"

"애들 오기 전부터 따지더니만 또 그런다. 축하하는 자린데 사람은 많을수록 좋은 거 아니야? 그리고 너도 그냥 넘어갈 걸 꼭 뒤끝을 부려요. 얘들아, 예전에 두 사람 때문에 내가 가운데서 얼마나 힘들었는지 아니? 막 싸우다가 갑자기 또 친하게 지내. 그러다 또 싸워. 정말 속을 알 수가 없었다니까."

소진 이모의 말이 끝나기가 무섭게 엄마랑 민이 아저씨가 쭈뼛거리면서 소진 이모한테 미안하다고 사과하더니, 그 후로는 온화하게 대화를 이어 나가더라고. 소진 이모 정말 대단하지?

대화가 진지한 분위기로 바뀌니까 민이 아저씨가 미국으로 돌아가지 않고 한국에 있을 거라는 말을 꺼냈어. 엄마는 젓가락을 놓칠 뻔했지만 덤덤한 척 듣고 있었고. 민이 아저씨, 엄마, 소진 이모는 나름 깊은 대화를 나누는 것 같았어. 나랑 민준인 그냥 먹기만 했지. 그 와중에도 난 엄마가 마음 편해 보여서 그게 너무 좋았어. 일주일 전만 해도 우리 엄마, 많이 지쳐 보였거든. 소진 이모와도 물론 행복했지만, 민이 아저씨까지 함께인 지금이라면 엄마는 전보다 훨씬 행복할 것만 같은 예감이 들더라.

저녁을 다 먹고 나서 민이 아저씨는 남은 일 때문에 회사로 들어가 봐야 한다며 자리를 떠나셨어. 나는 엄마에게 오빠들의 기획사 건물 사진을 찍고 싶다고 말하고 민이 아저씨 뒤를 따라 뛰어갔지. 엄마는 떡볶이가게 건너편에 있는 디저트 카페에서 기다리겠다고 했어. 민이 아저씨가 빠르게 뛰어오는 나를 보고는 조금 놀란 듯 바라봤어.

"루리야, 어딜 그렇게 뛰어가?"

"그게. 오빠들 회사 인증샷 좀 찍으려고요."

"하하하. 난 또 뭐라고. 같이 가자. 저기 골목 돌아가면 바로니까."

"네."

나는 민이 아저씨랑 함께 회사 쪽으로 걸어갔어.

"지금 현이 없는데 아쉽다."

"아니에요. 정말 회사 건물 찍고 싶어서 그러는 건데."

"그래? 회사 건물 사진은 왜 찍어?"

"오빠들 연습실이 지하에 있잖아요. 그냥 보기만 해도 오빠들이 있는 것 같고 좋아서요."

나는 현이 오빠 포카를 들고 재빨리 사진을 찍은 뒤 민이 아저씨에게 말했어.

"아저씨, 제 생파에 와 주셔서 감사합니다. 그리고 저희 엄마도 잘 부탁드려요."

민이 아저씨는 당황한 듯했지만 날 보며 웃어 줬어.

"아니야! 내가 더 잘 부탁해야지!"

"엄마가 자존심도 세고, 몰래 울기도 하지만, 좋아하는 사람은 적어도 제가 알기엔 아빠랑 아저씨밖에 없어요. 저는 엄마가 앞으로 더 많이 행복했으면 좋겠어요."

민이 아저씨가 순간 얼굴을 두 손으로 감쌌어. 내가 대단히 감동적인 말을 한 건 아닌 것 같은데 아저씨는 울고 있었어.

"아저씨, 울지 마세요."

"아저씨 운 거 아니야. 눈에 먼지가 들어가서 그런 거야."

나는 아저씨의 거짓말을 그냥 모른 척하기로 했어.

"그럼, 저는 먼저 가 보겠습니다."

"루리야, 잠깐만. 아저씨가 루리한테 할 말이 있어."

"네?"

"이제부터 아저씨가 할 수 있는 방법으로 엄마와 루리를 행복하게 해 주고 싶어. 매일이 행복할 순 없겠지만 그래도 함께라면 웃으며 힘든 일도 잘 극복할 수 있을 거야. 아저씨가 루리에게 좋은 어른이 되도록 노력할게. 루리가 먼저 아저씨에게 마음을 열어 줘서 고마워."

나는 말없이 고개를 끄덕였어. 지금 당장 아저씨의 마음을 모두 이해할 수는 없지만, 차차 알아 갈 날들이 오겠지. 민이 아저씨는 부담 갖지 말고 필요하면 언제든지 연락하랬어. 그러고는 내가 안 보일 때까지 계속 손을 흔들며 지켜봐 주더라고. 꼭 아빠 같았어. 앞으로 엄마와 나, 그리고 민이 아저씨가 어떤 시간을 함께 보내게 될지, 많이 기대된다.

나는 회사 건물 인증샷에 만족해하면서 모두가 기다리고 있는 디저트 카페로 돌아왔어. 아니, 근데 내가 후식을 먹을 새도 없이 엄마와 소진 이모는 이런 날엔 당장 코노*를 가야 한다는 거야. 나는 그대로 끌려 나왔어. 이후에 어떻게 되었냐고? 말도 마. 민준이랑 나는 세 시간 뒤에야 코노에서 탈출할 수 있었어.

엄마와 소진 이모의 흥은 차 안에서도 계속되었어. 소진 이모의 차 안이 클럽이 되는 건 시간문제였지. 엄마는 소진 이모의 옆자리에서 리듬을 타느라 정신없었고 나는 민준이랑 뒷자리에서 어이없어하다가, 그런 소진 이모랑 엄마를 찍고 싶은 마음이 간절해 스마트폰을 들었어. 결국 둘의 레전드 짤을 내 스마트폰에 잘 저장했지. 나중에 엄마 생일에 축전으로 보내 주려고.

* '코노'는 코인 노래방의 줄임말이다.

거기서 끝이냐고? 그럴 리가. 소진 이모랑 엄마는 주차장에 차를 세우더니 내려서 갑자기 또 춤을 추기 시작했어. 나는 엄마를 데리고 집에 가고 싶었어. 그때 민준이가 웃으며 이건 희귀한 상황이니까 빨리 영상으로 찍는 게 어떠냐고 속삭였지. 맞는 말이었어. 나는 영상에 진심인 사람이니까 무조건 찍었지. 엄마랑 소진 이모는 마치 쌍둥이처럼 함께 동작을 맞춰 갔어. 아마도 예전에 함께 췄던 춤이었을 거야. 구름 한 점 없는 까만 하늘에 큐빅처럼 박힌 별들이 당장이라도 우리들의 머리 위로 쏟아져 내릴 것 같은 밤이었어.

* ♪ *

엄마는 집에 들어오자마자 숨 막힐 정도로 나를 꼭 안아 주더라.

"루리야, 엄마 딸로 태어나 줘서 진짜 진짜 고마워! 다음에 또 태어나도 내 딸 해 줘."

"그럴까? 헤헤."

나는 엄마를 더 꼭 끌어안았어. 엄마는 언제나 내게 먼저 다가와 주는 고마운 사람이거든. 앞으로는 나도 엄마에게 먼저 다가가는 사람이 되고 싶어. 그리고 다른 사람들에게도 먼저 손을 내밀고 안아 줄 수 있는 그런 멋진 사람이 되고 싶어. 용기가 많이 필요하겠지만 도전은 해 보려고.

엄마는 씻자마자 금방 잠들어 버렸어. 그렇게 놀았으니 당연하지. 엄마가 잠들고 난 뒤에도 나는 지금까지 계속 깨어 있어. 피곤하기는 한데 이야기를 끝마쳐야 하니까. 근데 너무 꿈같아서 꼭 편지로 남겨야만 했던 지난 8일간의 일을 쓴다는 게 이렇게나 길어질 줄은 몰랐네. 벌써 새벽 3시가 다 되어 가거든. 너에게 하고 싶은 말이 정말 많았나 봐.

나는 꿈같은 8일을 경험하는 동안 꿈이라는 게 그렇게 멀리 있는 건 아니라는 걸 깨달았어. 꿈은 그저 마음속에 숨어 있었고 내가 미처 발견하지 못했던 것뿐이었더라고. 그동안 모른 척했던 꿈을 깨닫고 나니까 항상 똑같았던 하루가 거짓말처럼 새로워졌어.

너의 마음속에도 분명 숨어 있는 꿈이 있을 거야. 좋아하는 것, 잘하는 것들을 반복적으로 떠올려 봐. 아주 약간만이라도 자신감을 가져 봐. 그러다 보면 너도 너만의 꿈이 무엇인지 곧 찾아낼 수 있게 될 거야. 지금 내가 느끼는 이 행복감을 너도 꼭 누릴 수 있기를 바라. 꿈이 우리의 마음에서 살아 움직이는 한 꿈은 꿈을 꾸는 사람에게 직접 찾아가 반갑게 인사해 줄 거라고 확신해. 그러니까 우리 각자의 자리에서 각자의 꿈을 위해 서로 위로하고 격려하기로 약속해 보는 건 어때?

지금까지 내가 쓴 긴 편지를 읽어 줘서 진심으로 고마워. 다음에 내가 어떤 이야기를 담은 편지로 다시 돌아올지는 모르겠지만, 그땐 우리 모두 하고 싶은 말들이 지금보다 더 많아졌으면 좋겠어. 그러니 답장은 언제든지 환영이야. 우리의 꿈에 우리의 바람이 완전히 닿는 그 순간까지 꼭 건강하게 잘 있어야 해. 나도 슬슬 하품이 나온다. 이젠 정말 네게 작별 인사를 해야겠어. 안녕, 우리 다음에 또 만나자.

이름 모를 너에게

FROM. 이루리

작가의 말

 사람은 무엇인가를 기대하며 삽니다. 미래를 알 수 없기에 가능한 일입니다. 기대하는 순간만큼은 그 기대감이 삶의 원동력이 되어 하루를 살아 낼 용기를 줍니다. 안 될 수도 있다는 생각이 엄습할 때마다 희망을 떠올렸습니다.

 이야기를 쓰고 싶었습니다. 미처 말하지 못하고 흘러간 시간을 추모하는 마음으로 글을 쓰기 시작했습니다. 사는 게 힘이 들 때마다 이야기를 구상했습니다. 『드리머』도 그런 과정 가운데 탄생한 소설입니다.

 『드리머』는 저희에게 여러모로 큰 의미가 있습니다. 다 포기하고 싶었을 때, 다시 한번 일어서 보자는 마음으로 아주 빠르게 써 내려간 작품이면서 저희의 과거와 현재, 미래를 함께 이어 주는 작품입니다. 저희의 경험이 많이 녹아 있는 만큼 애착이 큽니다. 쓰는 내내 즐거웠습니다. 주인공 루리와 루리의 주변 인물들이

건네는 위로와 따뜻함에 저희도 큰 힘을 얻지 않았나 싶습니다.

삶은 어디로 흐를지 모릅니다. 저희만 해도 10년 전에는 지금처럼 「작가의 말」을 쓰고 있으리라 상상도 하지 못했기 때문입니다. 앞으로 맞이하게 될 10년은 또 어떨지, 이 또한 저희는 알 길이 없습니다. 그저 기대하고 꿈꾸며 사는 것뿐입니다. 아마도 소설 속 루리는 우리가 기대와 꿈을 쉽게 저버리지 않았으면 하는 마음에서 편지를 쓰게 된 것이 아니었을까, 생각해 봅니다.

글을 마치기 전에 감사의 말을 전하고 싶습니다. 우선 저희를 낳아 주신 부모님, 감사합니다. 열심히 살겠습니다. 『드리머』라는 책을 세상에 나올 수 있게 해 주신 폭스코너 윤혜준 대표님과 관계자분들, 감사합니다. 표지 일러스트를 정성스럽게 그려 주신 봉봉작가님, 감사합니다. 이 작품의 영감이 되어 준 에이티즈, 고맙습니다. 에이티즈만큼 이 작품의 영감이 되어 준 에이티니도 고맙습니다.

하고 싶은 이야기가 참 많습니다. 이미 완성된 이야기도 많이 있습니다. 다양한 이야기들을 여러분과 함께 나누고 싶습니다. 앞으로 저희는 우리의 주인공인 루리처럼 꿈을 향해 포기하지 않고 꾸준히 노력하며 나아가겠습니다. 부디 이 소설이 독자 여러분에게 위로와 힘이 되길 바랍니다. 감사합니다.

아직 오지 않은 봄을 기다리며
추세은, 추정문

드리머

1판 1쇄 발행 2026년 1월 9일

지은이 추세은, 추정문 | 펴낸이 윤혜준 | 편집장 구본근 | 디자인 오필민디자인

펴낸곳 도서출판 폭스코너 | 출판등록 제2025-000042호(2015년 3월 11일)
주소 서울시 서대문구 서소문로 27 충정리시온 426호(우 03741)
전화 02-3291-3397 | 팩스 02-3291-3338
이메일 foxcorner15@naver.com | 페이스북 /foxcorner15 | 인스타그램 /foxcorner15
종이 일문지업(주) | 인쇄·제본 수이북스

ⓒ 추세은·추정문, 2026 ISBN 979-11-93034-38-5   43810